FRANCIS CARCO

—

Jésus-la-Caille

— *ROMAN* —

Beaulx enfans, vous perdez la plus
Belle rose de vo chappeau,
Mes clers pres prenans comme gluz,
Se vous allez à Montpipeau,
Ou à Rueil, gardez la peau ;
Car, pour s'esbatre en ces deux lieux,
Cuidant que vaulsist le rappeau,
La perdit Colin de Cayeulx.

FRANÇOIS VILLON.

PARIS
MERCVRE DE FRANCE
XXVI, RVE DE CONDÉ, XXVI

LE VRAI VISAGE DE JÉSUS-LA-CAILLE

Le milieu dans lequel j'ai vécu à Montmartre, avant la guerre, m'a inspiré *Jésus-la-Caille*. On ne disait déjà plus des "tatas", des "gâcheuses". Ces jeunes gens s'appelaient entre eux "mon Jésus!" et bien qu'ils fussent assez discrets, les patrons de *musette* accrochaient dans leurs bals des pancartes mentionnant en grosses lettres : "Les messieurs sont priés de ne pas danser ensemble". Naturellement je fréquentais les bals. Mais c'était dans les bars de la place Blanche et de la place Pigalle qu'après minuit je retrouvais ces éphèbes. Une maîtresse de passage, qui s'habillait en homme, m'avait appris à ne m'étonner de rien : elle me présenta un petit blond qui répondait au surnom de "La Caille" et qui s'appelait en réalité Lucien B... On disait de lui : *La* Lucienne, et je l'entendis, certaine nuit, s'exprimer avec un tel dégoût sur le compte d'un vieillard qui lui avait fait des avances, qu'il attira ma sympathie.

– A leur âge ! me demanda-t-il, indigné, sans blague, est-ce qu'ils n'ont pas... les femmes ?

La Lucienne avait dix-neuf ans. Elle brûlait de monter sur les planches, mais un essai qu'elle tenta rue Fontaine et qui correspondait à l'épreuve aujourd'hui populaire du "crochet", ruina ses illusions. Pauvre Lucienne ! Il chantait faux. Je le rencontrais, en compagnie de la "gagneuse" d'un Corse, à l'apéro du bal du Moulin-Rouge, puis le couple prenait place jusqu'à huit ou neuf heures dans la grande salle de Cyrano. Une "copine" qui chantait en face, chez Palmyre, s'était lui-même donné le sobriquet de "la Marquise".

Ph. Roger-Viollet.

Couverture de l'édition originale.

Elle possédait un père qui exerçait la profession de tailleur. Fils dénaturé, la Marquise prétendait qu'il valait mieux porter des dessous de soie et se laisser entretenir que piquer, nuit et jour, à la machine à coudre afin d'élever quatre enfants. Dans ce petit monde d'invertis, où elle faisait figure de "grande coquette", la Marquise ne se heurtait jamais au moindre démenti. Un homme jeune, vêtu de noir, lui offrait au café des bottes de fleurs.

– Tu penses! s'écriait-elle. Faut pas le contrarier.

J'appris ainsi à reconnaître un "homosexuel" comme disaient alors les gens graves, d'un affranchi ou d'un truqueur. Ces derniers étaient et de beaucoup les plus nombreux à Montmartre, et ils traitaient les autres de "caves" ou de "michés", mais en flattant leurs vices. L'un de ces malheureux que m'avait présenté la Caille au Moulin-Rouge me prêtait la voiture de Madame sa mère pour aller faire mes courses en ville. C'était une belle voiture, et ma petite amie d'alors, qui dansait au théâtre Marigny, profitait de l'aubaine pour taper le chauffeur. Le chauffeur se faisait rembourser sur l'essence. Personne n'y perdait rien, mais lorsque, par hasard, dans l'auto somptueuse qu'il mettait à sa disposition, le camarade disait en soupirant : « Oh! moi, Francis, on ne m'aime pas! », la jeune danseuse nous insultait et le pauvre garçon rentrait à pied.

Sentiments, sensations, tout était à rebours de tout dans ce milieu. A l'hôtel, les réveille-matins déclenchaient leurs sonneries dans les chambres, à peu près tous au même instant, vers la fin de l'après-midi. Nous n'apercevions le jour qu'à l'aube, à travers les vitres des bars. Pendant des années, cette lueur roussâtre ou livide fut la seule qui nous apprît qu'il était temps d'aller dormir. L'hiver, elle ne se levait guère avant six ou sept heures, mais l'été, elle nous procurait l'impression que la nuit avait disparu comme par l'effet

4 *Philippe Lemaire et Jeanne Moreau, interprètes de* M'sieur la Caille, *film tiré du roman de Francis Carco*

d'un escamotage. Notre voisine de chambre était enceinte. Elle se comprimait le ventre à l'aide de bandes Velpeau pour ne point perdre sa place d'entraîneuse au Royal : elle avait de grands yeux humides de bête traquée. Un soir, je lui demandai qui elle préférait, d'une fille ou d'un garçon.

– Oh! fit-elle d'un air las. Si j'avais le choix, j'aimerais mieux une "tante" : il serait plus beau!

Ce soir-là, je sentis tressaillir au fond de moi-même Jésus-la-Caille.

Trois ans plus tard, Katherine Mansfield, dont j'avais fait la connaissance, me prêtait ce propos, dans un conte où elle me dépeignait sous les traits d'un jeune romancier :

– Je me ferai un nom comme écrivain des bas-fonds, mais pas comme d'autres l'ont fait avant moi. Oh! non... Avec beaucoup de naïveté et une sorte d'humour tendre, aperçu du dedans, comme si c'était tout simple... tout naturel.

Etait-ce si simple? Je n'ai pas à le dire. Toutefois, je ne renie rien de l'aveu : « Jésus-la-Caille, c'est moi. »

Francis Carco.

Ph. Scoop - "Télé 7 Jours".

UN AUTEUR, UNE ŒUVRE

1886 Naissance le 3 juillet, à Nouméa, Nouvelle-Calédonie, de François, Marie, Alexandre Carcopino-Tusoli. Son père, inspecteur des Domaines, est d'origine corse ; sa mère – née Sophie-Honorine Roux – est d'origine niçoise. Le foyer compte deux autres fils et une fille.

1897 La famille quitte la Nouvelle-Calédonie. Installation provisoire à Nice, puis à Châtillon-sur-Seine où le père du futur écrivain est conservateur des Hypothèques.

1901 Nouvelle affectation à Villefranche-de-Rouergue pour le père de Francis Carco qui entre en seconde de collège.
Le jeune homme fait la connaissance d'un tailleur de pierre, Grall, qui a connu Verlaine et qui va l'initier au culte des poètes symbolistes.

1905 Première partie du baccalauréat. Retour à Nice chez sa grand-mère. Francis Carco fonde avec ses amis Jean Clary et Joël Dumas *la Revue jeune*. La famille Carco s'installe à Rodez. Le jeune Francis abandonne dès le début ses études au lycée et obtient un poste de "pion" à Agen. C'est là qu'il fait la connaissance de Robert de La Vaissière et de Tristan Derème.
Francis Carco mène alors une vie de bohème qui ne tarde pas à le faire chasser du lycée.

1908 Francis Carco, qui vit alors à Lyon, crée, avec

Ph. Roger-Viollet.

Francis Carco, héros des bars et des cafés, et guide ironique et tendre dans les bas-fonds parisiens.

Jean Clary et Joël Dumas, la revue *Pan*.
Service militaire à Lyon, Grenoble, puis Briançon au 2e Régiment d'artillerie. Il fait la connaissance des poètes Jean Pellerin et Jean-Marc Bernard.

1909 Création, à Grenoble, de la revue *les Petites feuilles,* qui disparaît après un premier numéro.
Francis Carco fait de la prison militaire à Briançon pour mauvaise conduite.

1910 Arrivée à Paris. Emploi éphémère à la Compagnie des Eaux.
Francis Carco découvre Montmartre et *le Lapin agile.* Rencontre de Mac Orlan, Dorgelès, etc.

1911 Publication d'une plaquette sans titre tirée à vingt exemplaires, à Tarbes, contenant un poème de Carco et trois autres de Tristan Derème, Jean Pellerin, Léon Vérane.
Le premier livre de Carco paraît en librairie : *Instincts* (Le Feu, Union française d'édition).
Séjour à Nice et rencontre de Katherine Mansfield.

1912 *La Bohème et mon cœur,* poèmes, paraît (Niort, Imprim. Clouzot).

1913 Retour à Paris. Carco travaille comme "nègre" littéraire pour Willy.
Publication de : *Charles-Henry Hirsch,* essai (Sansot) ; *Chansons aigres-douces,* poèmes (Imprimerie française), et de *Au vent crispé du matin,* poèmes et proses (Nouvelle Edition nouvelle).

1914 Collaboration à différentes publications : *Comoedia, l'Homme libre, Gil Blas.* L'écrivain habite alors quai aux Fleurs. Mobilisation. Cantonnement à Gray,

près de Besançon.
Jésus-la-Caille dans la revue du *Mercure de France* puis, en volume, chez le même éditeur.

1916 Apprenti pilote à l'école de l'Air de Pau. Publication de *les Innocents,* roman (La Renaissance du Livre).

1918 Publication de *les Malheurs de Fernande* (L'Edition).

1919 Francis Carco épouse Germaine-Augustine Jarrel. Publication de : *les Mystères de la Morgue* ou *les Fiancés du IV*e *arrondissement,* en collaboration avec Pierre Mac Orlan (La Renaissance du Livre); *Scènes de la vie de Montmartre* (Fayard); *Bob et Bobette s'amusent,* roman (Albin Michel); *la Poésie* (Sansot); *l'Equipe,* roman (Emile-Paul), et *Au coin des rues,* contes (Genève, Kundig).

1920 Fréquentation des milieux de Montparnasse, du Bateau-Lavoir, etc.
Séjour à Rozven, en Bretagne, chez Colette. Il rencontre Hélène Picard à qui Carco inspirera les poèmes de *Pour un mauvais garçon.*
Création de *Mon Homme,* pièce écrite en collaboration avec André Picard.
Publication de : *Petits airs,* poèmes (Davis); *Maman Petitdoigt,* souvenirs d'enfance (Davis); *M. de Vlaminck* (N.R.F.).

1921 Publication de : *Francis Carco raconté par lui-même* (Chiberre); *Maurice Utrillo* (N.R.F.); *les Humoristes* (Ollendorff); *Mon Homme* (Ferenczi); *l'Ami des filles... ou Chas Laborde,* commenté par Francis Carco et illustré par Chas Laborde (Davis); *Rien qu'une femme,* roman (Fayard).

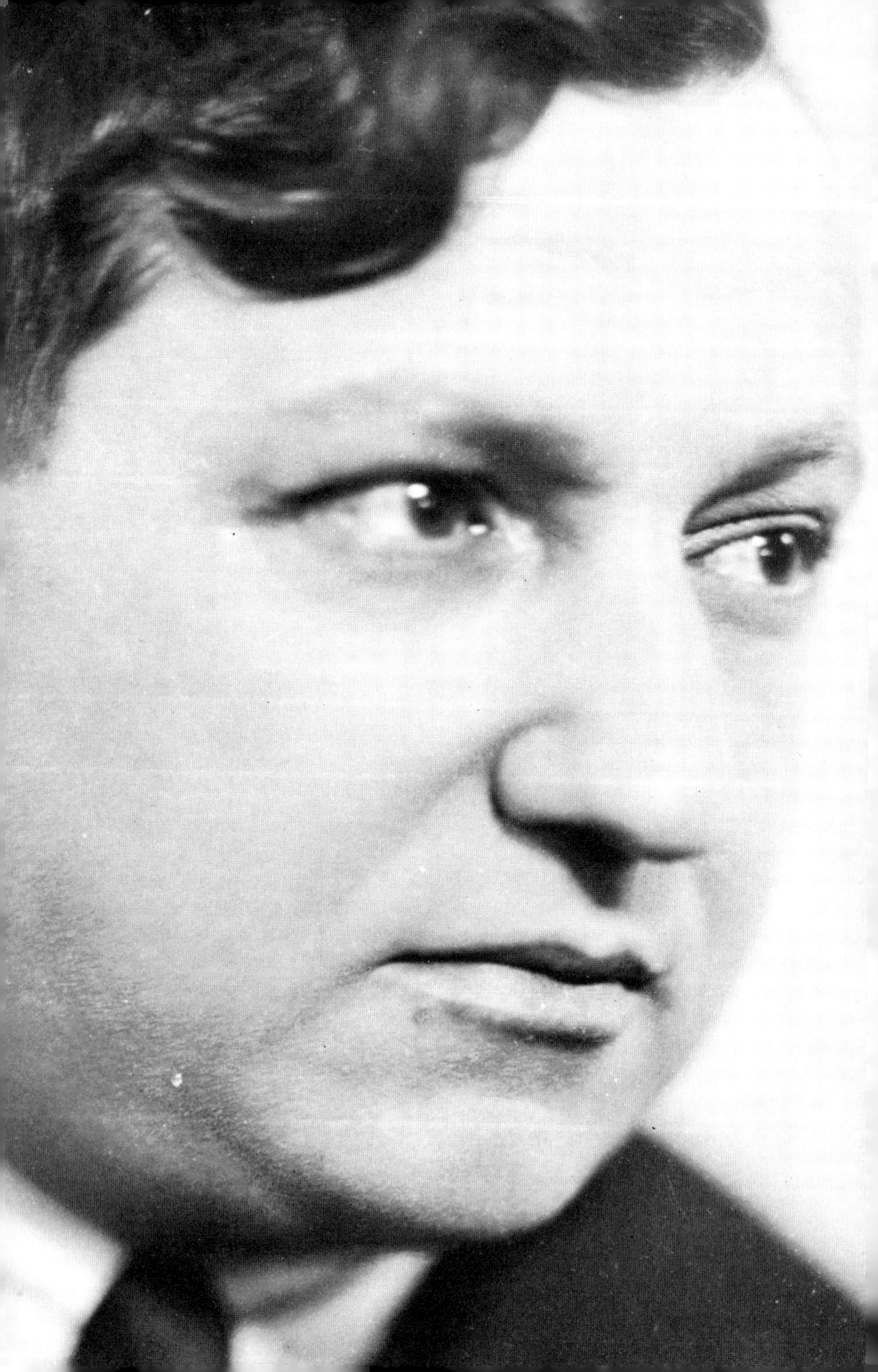

Création de *Gentleman,* écrit avec Alfred Savoir, au théâtre du Nouvel Ambigu.

1922 Echec de *Paname* au théâtre de l'Etoile sous le titre de *Paname n'est pas Paris.*
Publication de : *Promenades pittoresques à Montmartre* (Delteil) ; *Paname* (Stock) ; *l'Homme traqué,* roman (Albin Michel), qui obtient le Grand Prix du roman de l'Académie française.

1923 Séjour à Gênes.
Publication de : *Verotchka l'étrangère ou le Goût du malheur,* roman (Albin Michel) ; *le Gentleman* (Librairie du Théâtre français).

1924 Publication de : *Maurice Asselin* (N.R.F.) ; *Tableau de l'amour vénal,* illustrations de Luc-Albert Moreau (N.R.F.) ; *le Nu dans la peinture moderne* (Crès) ; *Avec les filles* (Champion).

1925 Publication de : *Visite à Saint-Lazare* (Lesage) ; *le Couteau* (A l'Enseigne de la Porte étroite) ; *Perversité,* roman (Ferenczi) ; *J'avais un secrétaire* (A la Cité des Livres).

1926 *Ces Messieurs-Dames* ou Dignimont commenté par Francis Carco (s.n.éd.) ; *le Roman de François Villon* (Plon).

1927 Publication de : *De Montmartre au Quartier Latin* (Albin Michel) ; *Rue Pigalle,* lithographies de Vertès (Grasset) ; *Nuits de Paris,* illustrations de Dignimont (Au Sans-Pareil) ; *la Légende et la vie d'Utrillo* (Seheur) ; *Poèmes retrouvés* (A la Cité des Livres).

L'auteur de Jésus-la-Caille *à l'heure des succès confirmés.*

1928 Voyage en Espagne.
Publication de : *Les Vrais de vrai* (Au Sans-Pareil); *Supplément aux dialogues des courtisanes de Lucien* (Editions du Trianon); *Images cachées* (suite de *l'Amour vénal*), illustrations de Luc-Albert Moreau (Editions de la Roseraie).

1929 Publication de : *Complémentaires,* première édition collective en partie originale (Emile Hazan); *Notre ami Louis Jou* (Trémois); *Huit jours à Séville* (Emile-Paul); *Printemps d'Espagne* (Albin Michel).

1930 Publication de : *La Rue,* roman (Albin Michel); *On ferme* (Pour les amis du Dr Lucien Graux, Imprim. Seheur); *les Enfants du malheur* (Stols).

1931 Publication de : *Prisons de femmes,* roman (les Editions de France); *Gilberte* (Emile-Paul); *le Destin de François Villon* (la Cité des Livres); *Suite espagnole,* illustrations de Daragnès (la Belle Page); *Quelques-unes* (Pro Amicis).

1932 Francis Carco est officier de la Légion d'honneur (il sera commandeur en 1949).
Voyage en Egypte et dans les ports de la Méditerranée où l'écrivain se documente sur le trafic de la drogue.

Publication de : *Traduit de l'argot,* reportage sur la vie secrète des malfaiteurs (les Editions de France); *la Belle amour* (les Editions de France); *Paul Bourget* (Alcan).

1933 Publication de : *l'Ombre,* roman (Albin Michel); *Pour faire suite à "la Bohème et mon cœur"* (Le Divan); *Palace Egypte* (Albin Michel); *Contes du Milieu* (les Editions de France).

Ph. Roger-Viollet.

Francis Carco à la table de l'académie Goncourt, aux côtés de Philippe Hériat.

1934 Publication de : *la Lumière noire* (Albin Michel); *Mémoires d'une autre vie,* souvenirs d'enfance (Albin Michel); *Amitié avec Toulet* (Le Divan); *Souvenirs sur Katherine Mansfield* (Le Divan).

1935 Voyage au Pays-Bas : Amsterdam, Anvers, etc. Divorcé, Francis Carco épouse Eliane Négrin. Publication de : *Ténèbres,* roman (Albin Michel); *Pages choisies* (Albin Michel); *la Dernière chance,* roman (Albin Michel); *Brumes,* roman (*la Revue de Paris* – hors commerce – puis Albin Michel).

1936 Francis Carco passe au cabaret des *Noctambules* où il interprète des rengaines populaires. Publication de : *le Bain* (J. Bonthoux); *la Rose au balcon,* poésies (Chabaneix); *la Route du bagne* (Ferenczi); *Petite suite sentimentale,* poésies (Emile-Paul); *les Hommes en cage* (Albin Michel).

1937 L'écrivain est élu à l'académie Goncourt au fauteuil de Gaston Chérau.
Publication de : *Blumelein 35,* confidences d'un officier de renseignements recueillies par Francis Carco (Albin Michel); *A l'Amitié,* poème (Emile-Paul).

1938 Publication de : *l'Homme de minuit,* roman (Albin Michel); *A Voix basse,* souvenirs (Albin Michel); *Montmartre à vingt ans* (Albin Michel); *Envoûtement de Paris* (Grasset); *le Cinéma* (J. Bonthoux); *Souvenirs de Montmartre et d'ailleurs* (Fayard).

1939 Publication de : *Verlaine* (Nouvelle Revue critique).

1940 Francis Carco, qui habite à l'Isle-Adam (Val-d'Oise), quitte son domicile pour Nice après l'Occupation allemande. Pour gagner sa vie, il chante dans les cabarets. Quand la zone démilitarisée sera occupée, il se réfugiera à Genève. Publication de : *Bohème d'artiste* (Albin Michel) et de *Heures d'Egypte* (Avignon, Aubanel père).

1941 Publication de : *Nostalgie de Paris* (Genève, Editions du Milieu du Monde); *l'Ombre,* poésies (Seghers, Coll. Poésie 41).

1943 Publication de : *Barraud* (Zurich, Editions Galerie Beaux-Arts); *Surprenant procès d'un bourreau* (Genève, Editions du Milieu du Monde).

1944 Publication de : *l'Ami des peintres,* souvenirs (Genève, Editions du Milieu du Monde); *la Danse des morts comme l'a décrite François Villon* (Genève, Editions du Milieu du Monde).

1945 Francis Carco est appelé au bureau directorial du Comité national des écrivains.
Publication de : *les Belles manières,* roman (Genève, Editions du Milieu du Monde).

1946 L'écrivain est élu à l'académie Mallarmé au fauteuil de Valéry.
Publication de : *les Jours et les nuits,* illustrations de Daragnès (textes et prétextes); *Mortefontaine* (Emile-Paul); *Dignimont* (Monte-Carlo, Editions du Livre).
Création de *Jésus-la-Caille* au théâtre Gramont.

1947 Publication de : *Ombres vivantes,* gravures de Dignimont (Editions de la Galerie Charpentier); *Montmartre vécu par Utrillo,* gouaches originales de Utrillo (Pétridès).

1948 Francis Carco rejoint le jury du Prix Guillaume-Apollinaire. Publication de : *Poèmes en prose* (Points et contrepoints).
Installation quai de Béthune.

1949 Publication de : *Morsure,* roman (Ferenczi); *la Romance de Paris,* illustrations de Eugène Clairin (Société des francs-bibliophiles).
Philippe Chabaneix publie une étude sur *Francis Carco* dans les "Poètes d'aujourd'hui" (Seghers) qui comporte des textes inédits de l'écrivain.

1950 Publication de : *Trente poèmes de "la Bohème et mon cœur",* illustrations de Dignimont (André Sauret).

1951 *Rêverie dans Amsterdam* (Avignon, Imprim. de Rullière).

1952 Publication en Amérique d'une étude bio-bibliographique sur l'écrivain, par Seymour S. Weiner : *Francis Carco, the career of a literary bohemian* (New York, Columbia University Press).

1953 Publication de : *Gérard de Nerval* (Albin Michel) et de *Goyescas,* illustrations d'Yves Brayer (Les Centraux bibliophiles).
André Négis fait paraître un recueil de souvenirs : *Mon ami Carco,* avec lettres et textes inédits de l'écrivain (Albin Michel).
Représentations de *Jésus-la-Caille* au théâtre des Mathurins.

1954 Francis Carco ressent les premières atteintes de la maladie de Parkinson qui l'emportera.
Publication de : *la Belle Epoque au temps de Bruant* (Gallimard) et de *Compagnons de la mauvaise chance* (Genève, Editions du Milieu du Monde).

1955 André Pergament porte à l'écran *Jésus-la-Caille* sous le titre *M'sieur La Caille.*
Publication de : *Colette "Mon amie"* (Editions Rive-Gauche) et des *Poésies complètes,* illustrées par Dunoyer de Segonzac, Fontanarosa, Dignimont, Vlaminck, etc. (Gallimard).

1956 Publication de *Utrillo* (Grasset).

1957 Francis Carco reçoit le Grand Prix de la Ville de Paris pour l'ensemble de son œuvre.

1958 Le 26 mai, l'écrivain meurt dans son appartement du quai de Béthune.

JÉSUS-LA-CAILLE

COLLECTION DIRIGÉE PAR PIERRE KYRIA

FRANCIS CARCO

JÉSUS-LA-CAILLE

FRANCE LOISIRS
123, boulevard de Grenelle, Paris

A
LÉOPOLD MARCHAND

Edition du Club France Loisirs, Paris
avec l'autorisation des Éditions Albin Michel

ISBN 2-7242-0326-7

AVANT-PROPOS

« L'Homère des voyous », c'est ainsi que Max Jacob appelait Francis Carco. Étudiant, il avait déjà été baptisé par un proviseur de « fanfaron du vice ». Il semble donc qu'il y ait une continuité certaine dans l'anticonformisme manifesté par l'auteur de Jésus-la-Caille, *une indiscipline de poète attiré par les versants ombreux de l'existence et curieux des troubles climats qui baignent certains quartiers de Paris. Lui-même a reconnu ce penchant. Dans* Rendez-vous avec moi-même, *il écrira : « J'ai beau faire : le goût de la crapule aura marqué ma vie. Peut-être y entrait-il jadis une ombre de littérature, de forfanterie, de bravade, en raison de l'influence dont Villon me gratifia. S'il existe, en effet, un poète de la rue, c'est bien lui. Or, la rue a tenu, dans la formation des écrivains et des artistes de mon groupe, un rôle prépondérant. »*

Roman de la rue, roman de formation, Jésus-la-Caille *est, à bien des égards, un roman vécu. Carco y a enfermé les réalités et la mythologie de son Paris-la-nuit circonscrit, avant la Première Guerre mondiale, aux quartiers de Montmartre et de Clichy. Il a recréé l'atmosphère des bars de la rue Lepic, de la place Blanche, de la place Pigalle, où, après minuit, il se mêlait à des filles de joie et à de douteux éphèbes. Le Lapin agile et le Moulin de la Galette n'étaient pas loin non plus, lieux familiers pour les compagnons de l'écrivain qui s'appelaient Pierre Mac Orlan, Roland Dorgelès, André Salmon, etc.*

Ainsi se dessina très tôt pour Francis Carco un climat au parfum de bohème auquel il est toujours resté fidèle. Son œuvre s'en inspire pour une très large part, et les fantômes de toute une époque viennent ainsi hanter ses livres. Au pouvoir réinventé du pittoresque le poète ajouta ainsi le charme tremblant de la nostalgie. Question de fidélité.

Lorsqu'il compose à Nice ce premier roman, son inspiration se nourrit de cette nostalgie de la ville mouillée et va conférer au déroulement de l'histoire, au dessin des personnages, aux lieux choisis pour leurs errances et leurs rencontres, voire leurs conflits ou leurs amours, une tremblante et troublante lumière. Dans Rendez-vous avec moi-même, *Carco évoquera un jour cette emprise :*

« Je me figurais humant l'air froid qui, l'hiver précédent, me grisait lorsque, entre la place Pigalle et la place Blanche, j'errais sous les platanes au crépuscule; je croyais voir, à travers la pluie, des ampoules de couleur brasiller. C'était cette pluie, cet air chargé d'humidité, ces lumières, ces arbres dépouillés de leurs feuilles qui, pour peu que j'eusse le loisir de m'asseoir à une table devant du papier blanc, agissaient sur mon esprit et conféraient aux amours de Jésus-la-Caille *une plus trouble ingénuité. »*

Francis Carco porta donc son roman au Mercure de France, en 1914, mais c'est moins à Alfred Valette, le « patron », qu'il dut d'être publié qu'à sa femme, Rachilde, dont le roman Monsieur Vénus *avait fait scandale. Il l'avait rencontrée au cours d'un déjeuner le jour où elle mariait sa fille au neveu de Paul Fort. Hissé sur un piano, Carco s'était mis à chanter des goualantes de son répertoire. Séduite, Rachilde le trouva drôle, le questionna, apprit ainsi qu'il venait de déposer un manuscrit au Mercure de France. Le lendemain soir, ce manuscrit était accepté.*

Jésus-la-Caille. *Le titre peut surprendre. C'est évidemment un sobriquet qui en l'occurrence désigne un jeune gigolo de Montmartre dont le commerce homosexuel n'exclut pas la séduction qu'il exerce sur l'élément féminin. S'expliquant sur le nom de son héros, Carco commente dans* Rendez-vous avec moi-même : *« On disait alors un « Jésus » pour désigner une « Tralala » ou, plus couramment, une « coquine ». Mais, comme le personnage qui me servait de modèle n'était pas squelettique, l'idée de* la Caille *se combina d'elle-même avec celle de* Jésus. *J'entendais également profiter du mot caille,* caillette *dans le sens où nos oncles l'employaient. Cela prêtait au titre une saveur spéciale et d'autant plus appropriée à mon* Jésus *qu'il se laissait aussi caresser par les femmes. »*

Au reste, les noms de la plupart des personnages du roman sont empreints de ce charme équivoque que confère la langue verte aux héros de la rue : Pépé-la-Vache, La Puce, la Fouine, Gueule d'Amour, Albert-le-Tondu, la Bataille, la Rembourrée, Marie-la-Thune, etc. C'est là le premier signe du langage codé du « milieu » où les identités réelles se cachent derrière des noms d'emprunt.

Tout, au demeurant, dans ce roman, semble obéir à un ordre particulier à l'encontre des normes et des lois. Certes, la loi du « milieu » existe : Pépé-la-Vache paiera de sa vie sa trahison du Corse et toute l'histoire qui nous est contée s'inscrit entre deux fatalités tragiques : la trahison et la vengeance. L'existence même des deux héros, Jésus-la-Caille et Fernande, est soumise à « une fatalité, sans noblesse ni grandeur, dont le poids devenait écrasant » et contre laquelle leur a-moralité même est sans effet. Le plus important ne réside pourtant pas là mais dans la curieuse alliance amoureuse qui les unit.

Jésus-la-Caille est un objet de plaisir comme Fernande pour une certaine faune; il est, comme elle, sans scrupule, sans remords, sans doute. Comme elle, il brave le destin, joue le jeu, le triste jeu du plaisir sans joie qu'aucun sens moral ne refrène. Pourquoi faut-il que l'un et l'autre s'accouplent sinon par l'effet de la désespérance secrète qui les envahit? Laissé seul à lui-même par l'emprisonnement de son ami Bambou, Jésus-la-Caille est voué à rencontrer une autre solitude du même genre : Fernande, que l'arrestation du Corse vient de rendre libre et déconcertée. Cependant, cette rencontre de deux êtres désemparés n'aurait pas eu lieu sans la nature ambiguë de Jésus-la-Caille : s'il est un gigolo homosexuel, il n'est pas que cela, lui-même d'ailleurs s'en défend. Il est à mi-chemin, en fait, entre les simples souteneurs qui le méprisent et les invertis qu'il dédaigne. Son charme vient de là qui est plus que la séduction d'un « gigolo fardé », trop joli pour être tout à fait viril. C'est, selon Cocteau, « un charme étrange, d'une confusion douloureuse. Un charme ignoble » qui va exercer sur Fernande un irrésistible attrait tant elle sent chez lui, confondue dans sa puissance virile, une féminine complicité : « Il serait l'amie que les hommes n'ont pas su comprendre. Il serait cet équivoque délicieux et tentateur, cette gosseline, cette poupée vicieuse et sentimentale qui repose d'un amant autoritaire et qui se prête à tous les jeux. »

Et sans doute dans l'attachement que Fernande éprouve pour Jésus entre-t-il ce que ressent Pépé-la-Vache à la fin du livre; « un plaisir fait de honte qui, pour la première fois, lui était plus doux que l'amour ».

Cette inhabituelle « romance » amoureuse entre pour beaucoup dans la réussite de Jésus-la-Caille. *Carco assure autour et à propos de ce couple insolite un subtil et prenant équilibre de tendresse et de dégoût, de jouissance et de froideur, de nostalgie et d'indifférence. Tout semble s'organiser autour de lui comme un ballet d'ombres inquiétantes, les menaces ne cessent de se préciser alors même que le désenchantement gagne peu à peu les amants scandaleux : Jésus reste, malgré tout, prisonnier de son personnage et Fernande, nerveuse, aspirée, en quelque sorte, par le malheur suivra, mi-consentante mi-victime, une pente fatale qui l'amènera impulsivement à s'accuser d'un crime qu'elle n'a pas commis.*

Mais le roman ne serait pas ce qu'il est sans l'art avec lequel Carco a su rendre le douteux prestige d'un quartier de Paris, ses lumières, ses ombres, ses parfums. Jésus-la-Caille *fait admirablement partie, pour ce qui est de Montmartre, de la géographie parisienne de Carco qui rêva un temps de consacrer un roman à chaque quartier de la capitale. Des œuvres comme* l'Équipe, l'Homme traqué, l'Ombre, la Rue, Ténèbres, l'Homme de minuit *témoignent d'ailleurs que ce projet a reçu un important début de réalisation.*

Francis Carco gagna avec ce premier roman le succès et une réputation quelque peu scandaleuse. « Les lecteurs de Jésus-la-Caille, *avouera-t-il dans* Rendez-vous avec moi-même, *ne voulaient pas admettre qu'ayant dépeint les mœurs d'un milieu d'invertis je n'appartinsse pas à ce milieu; ou alors, qu'à tout prendre je ne fusse pas un de ces messieurs qui, dans mon livre, vivaient de l'exploitation du charme de leurs dames. A quoi bon protester? On ne m'aurait pas cru. » De nos jours, on irait beaucoup plus loin sans surprendre personne et sans que l'auteur puisse redouter une « mauvaise réputation ».*

Jésus-la-Caille *est un beau roman de la pègre que l'on classera sur le même rayon que* le Tigre et le coquelicot *de Charles-Henry Hirsch (qui, le premier, encouragea Carco),* Bubu de Montparnasse *de Charles-Louis Philippe,* Amants et voleurs *de Tristan Bernard,* Tendres Canailles *d'André Salmon ou encore les ténébreux récits de Jean Lorrain. Plus qu'une œuvre au prenant charme d'époque, c'est surtout l'attachant paysage sentimental parisien d'un vrai poète.*

P. K.

PREMIÈRE PARTIE

I

Il pleuvait. L'eau, mollement, fouettait les vitres du petit bar.

– Bonsoir, la Vache, dit en entrant Jésus-la-Caille et, plus bas, – il était blême :

– Bambou est fait.

– Bambou?

Pépé-la-Vache, abandonnant la lecture de *Paris-Sport,* déchargea un coup de poing sur la table.

– De quoi? s'exclama-t-il, on a fait l'môme Bambou!

Il rabattit par habitude le bord de son chapeau de feutre, caressa ses courtes moustaches et, moulé dans son chandail gris au col lâche, planta ses yeux brillants dans ceux, très clairs, de Jésus-la-Caille, qui soutint ce regard sans broncher. Près d'eux, des musicos jouaient au zanzibar. Les dés heurtaient le marbre mince. Des voyous, debout près du mur, s'essayaient à lancer les billes des appareils à jetons.

Il était deux heures du matin.

– T'aurais pas vu Mina? demanda la Caille.

– Non, j'ai pas vu Mina.

– Mina en était. Figure-toi : c'est elle qui lève le pante, mais il voulait un gigolo. Bambou arrive. On s'entend. A la caisse, *la* Jeanne, qui observait le client, leur fait signe de la tête : « Non! non! méfiez-vous. Il n'est pas franc. » Tu parles! Vingt minutes après, Mina rappliquait en vitesse : « L'môme est poissé! » Là-dessus elle en a joué un air à fond de train.

La Caille parlait vite. Sa jolie gueule de fille, à peine fardée, s'animait étrangement. Il se leva. La martingale du pardessus brida ses reins souples.

Pépé-la-Vache serra la main que l'ami de Bambou lui tendait et, le regardant s'éloigner :

– Un coup du Corse, murmura-t-il, ou j'suis manchot. C'est aller fort. Atout! et atout!... sauf Mina... Mais Mina va la boucler.

Il jugeait sobrement les choses. Il connaissait la haine instinctive du Corse pour le couple équivoque et, comme le Corse, il détestait Bambou, la Caille et ceux de leur espèce, mais ne le montrait point. Tout prudence, au contraire, il favorisait à Montmartre l'action de la police qu'il flétrissait afin d'affirmer des sentiments violents alors que, dans les bars, on déclarait : « Mort aux bourriques et mort aux tantes! »

Pépé-la-Vache, qui admirait la force et la préférait à tout, reprit la lecture de *Paris-Sport,* mais ne put s'y intéresser. Il évoquait Bambou. D'autres arrestations de même ordre lui furent présentes à l'esprit. Il savait le rôle qu'il y avait joué. Ici, les circonstances le portaient à croire que le Corse s'était occupé de l'affaire. Cela l'humiliait, l'intriguait... Enfin, il se demandait comment Bambou, petit homme brun, vicieux, était tombé dans un piège et pourquoi l'on n'avait pas mis la main du même coup sur les deux amis.

Pépé rejeta alors son journal, paya son verre et, poussant la porte vitrée du bar, prit à droite la direction qu'avait suivie la Caille.

*

* *

Le boulevard de Clichy plaquait, sur un ciel bas d'octobre dont les nuages crevaient, ses rangées d'arbres. Des flaques d'eau brillaient et, sur l'étroit trottoir du milieu, se hâtaient des passants tardifs.

Contre les devantures fermées, battait un triste flot d'ombres éveillées et méfiantes. Deux agents surveillaient les filles qui tournaient... Parfois, à la lueur d'un bec de gaz, elles apparaissaient avec de si tragiques visages qu'on eût dit des mortes soulevées par le vent. Et, très loin, au fond de ce large boulevard, la place Blanche étageait ses lumières.

La Caille répondait au salut discret des amis. Une lassitude affreuse le poignait, mais son instinct l'armait contre lui-même. Affolé par le mystère dont s'enveloppait la disparition de Bambou, il marchait vite, les yeux grands ouverts sous la visière d'étoffe de sa casquette. Ce n'était plus l'experte crapule dépravée qu'on rencontrait à *la Palme* ou chez Bousse. Ses épaules tendaient le drap du vêtement; sa nuque délicate bombait et ses deux faibles bras, qu'il portait repliés contre le corps, lui prêtaient une allure acharnée.

– Mina! s'écria-t-il, à l'angle de la rue Lepic devant *le National* qui baignait la chaussée d'un large flamboiement.

La fille – en cheveux – était là, crispée devant un verre de fine, sac posé sur le comptoir.

– Ah! la Caille!... Bambou!... ton homme!... fit-elle.

Il l'entraîna brusquement dans une petite salle qu'abritait le comptoir et la jeta sur une banquette. Avide, il lui serrait les poignets. Il se penchait :

– Parleras-tu?

– Tu m'fais mal, mon Jésus!

– On l'a donné, réponds : on l'a donné?

– On l'a donné, pour sûr! Dans la chambre, le pante nous lâche un sigue. Mais il crânait, les poches pleines de pèze. Tu penses si je zieutais! Bambou, lui, paraissait ne rien voir. Bon. Le pante se déshabille, puis nous. Mais il n'était pas au truc. Je sentais qu'il regardait du côté de la glace; alors, moi aussi, nature! et qu'est-ce que je vois? Bambou, parole, qui fauchait le fric. Ça n'a fait qu'un cri : Un agent!

– Nom de Dieu!

– L'coup des bourriques. Ménard et le gros Dupied empoignaient le môme. Je ne les ai pas vus entrer, et, v'là bien la preuve que c'était une combine : ils devaient être planqués dans le placard.

– Une combine?

– Mais va savoir d'où c'est qu'ça vient quand on est pris. Pourtant, ils n'ont poissé qu'Bambou, tu vois, rapport qu'il entôlait l'frère. Moi, je me suis barrée dans l'couloir, continua la fille, et Ménard a boni : « La Mina, mets-les vivement et retiens ta menteuse! »

– Ah! les vaches!

*

* *

– Ben quoi, la Caille... Tu flanches?

Pépé, qu'il avait quitté tout à l'heure, lui posait ses deux poings sur les épaules. Comment l'avait-il rejoint? Ses yeux brillants le dénoncèrent. Il dit pourtant de sa voix traînante et dure :

– Méfie-toi, la Caille; les mecs font le jeu des bourres.

– Mais les bourres font le jeu des mecs, riposta Mina.

Elle ajouta, faisant allusion à certaines histoires qu'elle paraissait ne pas ignorer :

– Je sais ce que je sais. Les plus marles sont souvent de la Grande Taule.

– La ferme, Mina!

– Non, mais? Si j'veux. Combien que vous êtes à vous passer l'ouvrage? Ces messieurs travaillent dans la police et les patrons de province... Et tu trouves encore des gonzesses au béguin, des p'tites gueules?

Froidement, Pépé répondit :

– Je discute pas. On me connaît.

La Caille en témoigna.

– Mina, t'as tort. Un vrai, un bath, un grand!

Elle eut un rire éreinté.

– Et, moi aussi, on me connaît. J'ai pas d'homme, la Vache, et tu râles parce qu'il faut, avec moi, jouer franc. Renaude pas, tu te vendrais.

Et, les mains enfouies dans les vastes poches de son imperméable, la fille en s'en allant avait encore une dernière injure :

– Pépé-la-Vache, ton nom te va bien!

Autour du comptoir, les hommes vidaient de petits verres; une indolente et molle buveuse s'endormait. On entendait le vent, par intervalles, faucher la pluie. Le vent tombait. Il reprenait sa plainte et emplissait le silence.

– J't'aurai tout de même... pensait la Vache dans un sourire amer.

C'est alors que M. Dominique survint. Son melon beige, son complet marron, ses chaussures vernies lui composaient un type. Il parlait peu, portant beau : la moustache noire coupée en brosse, la raie luisante faite au milieu, des mains énormes et les dents fines. M. Dominique était corse. On l'avait vu longtemps à Tabarin, sans femme, mépriser la fortune. Mais les compatriotes le sortirent un jour de son indolence et le « marièrent ». Alors, il établit sa force. Opiniâtre et silencieux, il disputa plusieurs fois l'empire de *la* Lepic à des costauds reconnus par tous. Son adresse au couteau l'illustra. Il devint un grand et solide maquereau. Sa gloire envahit les bars et s'y installa comme une bête mauvaise. On le craignait. Il eut des filles, de l'or, des sujets et des espions.

– Salut! dit M. Dominique.

Fernande, sa femme, l'accompagnait. Elle avançait, coiffée sur les yeux, un troublant et pâle visage. Grande, la gorge libre sous un corsage de soie rouge, elle avait une démarche dansante et jeune d'animal et, bien que fatiguée, ce soir, elle souriait à tous avec douceur. D'autres femmes arrivaient à la suite, et Gustave, le garçon, empilait à côté de chacune les soucoupes de son homme. La soirée avait été bonne.

– Une moule!

– Gustave, des œufs durs!

– Et d'la moutarde!

Ces dames, attablées, mangeaient un morceau.

Pépé s'approcha du Corse.

– Toujours à Wagram? dit-il pour amorcer.

– Toujours.

Désignant Fernande, il ne broncha pas, car il éventait un piège.

Aussi Pépé vanta les cohues pressées et les quadrilles du bal Wagram. Il parlait à voix basse, avec ruse, ne quittant pas des yeux le visage aux paupières droites, au nez précis, au menton volontaire du Corse. Il eût voulu surprendre dans ce regard un trouble quelconque, saisir un tic fronçant cette bouche. Il s'arrêta : la Caille, sournoisement, les observait.

Alors, ils éprouvèrent tous les trois, au même instant, une même gêne et comme, en se dandinant, la Caille détournait la tête, le premier, il vit distinctement Fernande lui faire signe de se taire.

II

Une petite photographie jaunie, fichée dans la glace, rappelait à la Caille l'absent. Sur cette image, Bambou souriait. Ses cheveux plaqués sur les tempes, son port de tête, sa manière de regarder... Ah! môme Bambou! tout y était, jusqu'à cet air fuyant et tendre, cette dureté sensuelle, cette équivoque langueur dont s'éprenaient les femmes. La Caille, pour compléter l'illusion, avait même retouché au crayon une mouche au coin de l'œil gauche. On ne pouvait ainsi désirer mieux, et la peine de l'adolescent l'accoudait pendant des heures devant cet émouvant et cruel souvenir.

Le jour, qui emplissait la chambre d'une lumière grise, accusait l'usure des papiers. L'humidité des plâtres imprimait au plafond de grands cercles. Deux bottines traînaient sous une chaise, avec un vieux bouquet. Au fond, le lit. Une table était bloquée dans un angle. Sur cette table, un miroir incliné combinait, avec l'autre glace, un jeu familier d'optique permettant qu'on se vît de face et de dos.

Cette chambre d'hôtel ouvrait sur une perspective de cheminées et de toitures bleuissantes. Des ateliers développaient leurs larges baies. Les façades des derniers étages conservaient un aspect funèbre et, plus haut, s'élevant toujours dans une lumière basse et brumeuse, c'était des bâtisses neuves et banales, des constructions, des fouillis, de grands cubes de chaux éteinte que dominaient sur ce ciel attristant d'hiver les ailes immobiles du Moulin de la Galette.

Les bruits du boulevard formaient une rumeur immense que la tombée du soir accentuait. Toute l'inquiétude de la ville se soulevait et criait en se débattant. Les premières lueurs éblouissaient l'ombre. Au coin des trottoirs et des rues, les filles, avec des fards et des parfums trop neufs, toisaient l'homme qui les désirait. Quelques-unes s'efforçaient de rire parce qu'elles étaient plus malades et plus lasses que jamais. Et il n'en était aucune qui ne pensât à l'amour comme à une éreintante corvée.

De cette heure, la Caille tirait une sensualité fervente. L'odeur de l'absinthe devant les bars le grisait presque. Il s'en allait, cambré, les yeux brillants, la bouche frottée de rouge, et toute son allure exprimait la joie nerveuse qu'il avait à se sentir jeune, amoureux, fringant et désirable.

Mais, ce soir, devant la photographie du prisonnier, une détresse d'enfant l'accablait jusqu'au désespoir... De l'impasse où se trouvait l'entrée de l'hôtel, montait un chant d'accordéon. C'était l'aveugle, un Italien qu'une pauvresse guidait à travers Montmartre. L'aveugle jouait des romances et des airs de son pays et rien n'était plus émouvant que tous les visages exténués qui formaient cercle autour de lui. L'aveugle jouait avec des sursauts du corps entier; quelquefois – à bout de forces – il rejetait la tête en arrière et il était horrible de voir, sous ses paupières, rouler deux convulsives prunelles sanglantes.

L'obscurité gagnait la pièce tout à fait. La Caille se désolait. De Bambou, dont l'infortune lui déchirait le cœur, il ne savait rien, sinon qu'il devait maudire, comme il le faisait lui-même, les gens de police et les espions. Il n'échapperait pas à son sort. Hélas! il évoqua le Dépôt, le réduit ignoble et la brutalité qu'on entretient dans ces milieux... Sous la fenêtre, l'accordéon jouait toujours. C'était d'une affreuse désolation, cette romance qui, pauvrement, avec des éclats et des heurts, un sautillement amer, un épanouissement nasillard et navré, s'élevait dans la nuit. La Caille l'écoutait se tendre et se briser. Toute sa douleur en était chavirée et elle se faisait trop molle, trop mortellement aimable et caressante pour qu'il ne souffrît pas davantage à l'idée qu'elle s'en irait, peut-être, un jour d'elle-même et sans le décevoir. Il n'avait pas dormi. Son inquiétude le tourmentait atrocement. Que voulait dire ce signe de Fernande au *National*? Il ne l'expliquait pas et, cependant, l'attitude de Pépé-la-Vache manquait de fermeté... Celle du

Corse, au contraire... Il comprenait. Il savait quel mépris M. Dominique affichait dans les bars pour la pâleur maquillée de ses camarades et il avait enfin la certitude que, dans la capture de Bambou, le Corse était de connivence avec les « mœurs ».

Qu'avait-il fait au Corse? Il le redoutait. Il se trouvait faible comme une fille, lâche et tremblant comme elle devant lui. La Caille pourtant ne savait rien. Il s'étonnait. Il pleurait sur le sort qui lui était imposé brutalement et, sans secours, privé de sa plus tendre affection, il avait peur d'être pris, à son tour. Il se voyait entraîné, comme Bambou, dans une odieuse machination. Pourrait-il seulement se défendre? Il n'y songeait pas. Mais quand serait-il pris, et quelles ruses opposerait-il aux calculs du Corse? Le Corse n'était pas seul. Il faudrait compter désormais avec l'hostilité de tous les souteneurs de la rue Lepic, car tous, sans exception, le serviraient. La Caille ne rencontrait chez ses petits amis de bar qu'égoïsme et frayeur. Il les savait, entre eux, jaloux et avilis... Lui-même, dans cette affaire, leur ressemblait. Il se désespérait de la capture de Bambou parce qu'elle lui faisait présager la sienne et il n'avait pas assez de haine pour maudire, comme il l'eût désiré, les maquereaux que l'amour du gain arme toujours contre les gigolos, les truqueurs et cette vague espèce d'hommes dont le trafic amoindrit le prestige et la valeur des femmes.

– M'sieur la Caille, appela-t-on derrière la porte, m'sieur la Caille, c'est moi... la Puce.

Il ouvrit et le visiteur se glissa vivement dans la chambre. On y voyait à peine, mais sur le halo vague de la fenêtre se dessina la silhouette d'un jeune voyou.

– Quoi d'neuf, p'tit môme? interrogea la Caille.

La Puce tendit un billet qu'il retira de sa casquette.

– Voilà, dit-il... J'ai vu l'frangin et c'est la veine qu'il ait pu me passer pour vous sa bafouille; on est à l'œil, M'sieur la Caille!

– Il t'a parlé?...

– Oui... Faut vous méfier du Corse qu'est un indicateur... faut vous garer de tous, de Fernande et d'Pépé... Mina vous a causé? Voyez-la; l'frangin m'a encore dit d'vous dire de pas vous biler. Il est bon, lui... Pas la peine de vous faire poisser pour l'plaisir... Ç'en est pas un...

La Caille ne pouvait lire la lettre qu'il froissait entre ses doigts crispés. La Puce parlait. Il s'acquittait soigneusement du rôle dont il était chargé; puis il salua la Caille qui lui serra la main et s'éclipsa d'un pas léger.

– Où qu'tu vas?

– J'suis toujours à sept heures, près du métro, place Blanche... J'me barre... La gosse m'attend.

Et la Caille, qui savait quel zèle ce souteneur de dix-sept ans mettait à diriger l'inexpérience de sa plus jeune sœur, sortit à sa suite, et dupe d'un sentiment étrange, il constatait :

– Brave petit môme!...

Dehors, l'air était frais. Dans l'impasse, l'Italien jouait encore, mais à la barcarolle de tout à l'heure succédait une chanson des rues que les amateurs reprenaient au refrain.

La Caille dépassa le groupe.

Il éprouvait une étrange mollesse qui l'aurait volontiers jeté dans le premier bar venu. Or, à cette heure, des mécanos et des cochers entouraient le zinc et parlaient fort. Des marchands de pacotille orientale vous sollicitaient et les boniments des vendeuses de fleurs, de vieilles prostituées mendiant une obole, attristaient.

Cette écume envahissant les moindres débits, le jeune garçon s'arrêta. L'éclat violent d'une lampe électrique poudrait ses mains. Le jet saccadé jouait comme un miroir. Il ouvrit la lettre de Bambou.

« Mon gosse chéri,

« Je t'écris du Dépôt où qu'on m'a conduit tout de suite que Ménard et Dupied m'ont eu fait. Méfie-toi d'eux surtout. Là-haut c'est plein d'indicateurs. Je sais pas qui m'a vendu... Tâche de savoir. Dans ma tête, je tourne mes idées : ça viendrait du *National* ou du Moulin, ou encore du Corse.

« Demain, on me conduira à la Santé... Je pense à toi, petit gosse, et j'ai le cafard... Mais toi, t'en fais pas pour moi. Tu viendras me voir à la Santé avec la Puce. Je t'écris ce petit mot pour que tu aies de mes nouvelles et que tu te fasses pas de bile.

« Moi, je t'embrasse bien tristement, mon pauvre petit, et je signe : ton homme pour la vie,

« BAMBOU. »

Lentement, la Caille relut cette lettre. Elle lui causait à la fois un bonheur sombre et une chaude tristesse. Il aurait pleuré si, à ce moment, quelqu'un lui avait parlé de Bambou.

La foule le pressait. Il ne le sentait point. L'électricité battait au-dessus de lui avec un ronflement brisé, brutal et des remous éblouissants. La Caille traversa la chaussée. Il marchait doucement. Les choses qu'il voyait ne le frappaient pas. Toute sa pensée était ailleurs.

– Tiens, v'là la Caille!...

– Bonsoir, la Caille!

– Ça va?

Trois petits truqueurs, Olga, Titine et Gueule d'Amour, l'arrêtaient. Il fut aimable. Une « épaulette jaune », avec mépris, les dévisagea et se retourna plusieurs fois. Mais ils la laissèrent et se dirigèrent sans hâte vers la Gaîté-Montmartre pour l'apéro-concert.

III

Une semaine s'écoula. La pluie qui, de l'aube au soir, tombait intarissablement, attristait les filles dans les bars. Elles ne pouvaient sortir. Les plus courageuses s'indignaient; les autres, affalées sur les banquettes, le parapluie ruisselant à côté d'elles, buvaient et, désœuvrées, la cigarette aux doigts, regardaient longuement le ciel qui, dans les carreaux brouillés, s'estompait et fuyait...

Oh! ce ciel bas d'octobre! Fernande, le front aux vitres, le contemplait et se trouvait si malheureuse que rien ne la touchait plus. Dans sa chambre, qui donnait sur la rue Lepic, un jour sans clarté régnait. La glace luisait à peine. Le lit en désordre la dégoûtait du repos et, jusqu'au crépuscule qui venait vite, elle s'absorbait dans une oisive désolation. Le Corse tentait en vain de la distraire, mais s'il lui parlait, elle ne l'écoutait pas et, s'il allumait, couché tout habillé sur les draps, sa pipe d'écume, il lui devenait odieux. Cependant pour lui-même, plus que pour elle, il évoquait sa jeunesse perdue.

Il disait les nuits et les journées passées dans les débits du port, à Bastia, et il fumait, et il racontait ses histoires et elle imaginait, encore qu'inattentive à ses paroles, le comptoir obscur, les buveurs taciturnes, les brusques coups de vent, la rafale et la mer démontée... Rue de la Gaîté, où son père tenait un bar achalandé de petits cabotins, d'ouvriers et de cochers, Fernande avait grandi. C'était pour elle une obsédante vision. C'était sa vie déjà lointaine, et elle revivait cette existence. Le père l'avait prise un soir. Elle n'oublierait jamais. Elle avait seize ans. Elle aidait au comptoir. On la suivait dans la rue. Est-ce qu'elle savait? Elle obéissait... voilà tout... « A son âge... une gamine! » disait le père.

Fernande soupira et le Corse l'entendit, se leva, la prit dans ses bras.

– Tu vas pas chialer, rapport au temps? dit-il.

Revenue de son rêve, Fernande s'étonna du regard trop fixe de l'homme qui la désirait. Elle le repoussa. Vraiment elle avait cru revoir... Elle était folle, mais il l'attira vers le lit et, de sa voix dure, interrogea :

– Qu'est-ce que t'as?

– Moi?...

Il s'assit, la tint debout contre ses genoux. Elle était belle. Il aima cette taille pliante, ce visage régulier aux yeux sombres, cette bouche bien dessinée, ces cheveux châtains défaits sur le front; et la poitrine charmante, qui gonflait le corsage mal agrafé, le tenta au point qu'il la caressa de sa large main...

Fernande n'éprouvait aucune joie dans le plaisir du Corse. Car, après l'avoir prise, toute sa gentillesse faisait face à une indifférence grossière. Était-ce là ce qu'elle espérait quand elle s'était enfuie, à dix-huit ans, du bar paternel pour suivre Petit Maurice, qui la terrorisait? Certes non. Mais M. Dominique l'avait enlevée à Petit Maurice, et à Montmartre, où elle était nouvelle, ses manières réussissaient. Dans les boîtes de nuit, c'est curieux, on ne lui donnait pas de surnom : elle était douce. Il y a des hommes qui aiment les femmes de cette sorte. Cependant, elle se serait vite attachée et elle n'était peut-être pas fâchée, au fond, d'appartenir au Corse qui, lui, au moins, la défendait. Combien se laissent prendre aux façons de jolis garçons : combien aussi s'en repentent! Plusieurs, qu'elle connaissait, avaient mystérieusement disparu et les amis de M. Dominique lui faisaient observer qu'une môme « ça vaut encore son billet, au Brésil... »

Peu à peu, elle devenait autre. Sa douceur n'était que de l'orgueil : elle le comprenait. Elle avait à cœur de faire de grosses recettes; par contre, elle ne démordait point d'une chose quand elle en avait une fois décidé... Le Corse avait beau la battre, mais quoi! pouvait-il empêcher qu'entre eux certaines entreprises nocturnes fussent inoubliables? A coup sûr, elle ne parlerait pas; il le savait, bien qu'il n'en fût pas toujours certain.

– Je descends, dit-il.

Elle se tut et entendit qu'il ouvrait son sac pour y puiser. Il le ferma discrètement ensuite, puis, silencieusement, débourra sa pipe et s'en alla.

*

* *

Il pleuvait encore le lendemain et, tandis que Fernande disposait sur un coin de table les cartes en demi-cercle, pour en consulter l'oracle, M. Dominique soufflait à pleins poumons dans sa trompette régimentaire. Il le faisait chaque jour dans l'après-midi par manière d'entraînement, car il était fier d'avoir servi aux Bataillons d'Afrique et de se rappeler les sonneries stridentes dont, au réveil, aux corvées, à la soupe, aux rassemblements et à toute heure de ses journées de garde, il emplissait la cour du quartier. Il annonçait l'ordre, essuyait l'embouchure, la portait vivement à la bouche. Les veines du cou se gonflaient terriblement et, dans la chambre, éclatait le déchirant appel.

– Aux lettres... commanda-t-il, la voix brève.

Fernande retournait sur le jeu le roi de pique...

un... deux... trois... le roi de trèfle et elle s'exclamait contre « la poisse » qu'elle avait avec ces « deux sales mecs » qui s'acharnaient à la pourchasser – elle et le doux Ogier – au travers de toutes les combinaisons possibles. Elle ne doutait pas que ses deux persécuteurs n'eussent l'intention de la ravir à la tendresse du valet charmant et elle cria, très énervée :

– Pas tant d'chahut!

– Aux punis de prison, continua le Corse imperturbable.

Elle réfléchit longuement sur l'intervention favorable de la dame de cœur. On la sacrifiait. Elle ne comprenait pas, mais admit que son bonheur en obtiendrait un large secours. En effet, les cartes « s'arrangeaient »... elles annonçaient un grand amour qu'elle ressentirait pour le jeune homme blond figuré par Ogier et certifiaient qu'elle et ce jeune homme « seraient à eux », en dépit des deux « sales mecs » et de toutes les intrigues que ceux-ci pourraient machiner... La suite manquait de précision. Le roi de pique disparaissait : celui de trèfle, au contraire, prenait sur elle un pouvoir étrange et Ogier s'attachait au gracieux valet de carreau, avec un révoltant et scandaleux cynisme...

Elle brouilla les cartes et recommença.

M. Dominique sonnait maintenant, en fantaisie, l'extinction des feux. A nouveau, les rois de pique et de trèfle, la dame de cœur, le valet de carreau décidèrent du sort de Fernande; et elle resta pensive devant les figures peintes, inclinée sur elles, cherchant à deviner l'énigme que ne trahissaient pas leurs immobiles visages, cependant que l'averse, à gros bouillons, crépitait sur les vitres.

Fernande, à côté du Corse qui dormait, s'était mise sur son séant, et, comme elle retournait en premier Ogier dans une réussite, elle pensa brusquement à Jésus-la-Caille. Du beau valet, il avait l'œil gracieux et long cillé, les lèvres peintes, le nez et le menton arrondis... et la fille retrouvait, au geste avec lequel Ogier s'appuyait de la main sur la hanche, la manière idéale dont Jésus-la-Caille se campait indolemment devant elle. Toutefois, au lieu du chaperon de velours où fleurissait une plume, il portait la casquette molle des gigolos. Ses cheveux joliment ébouriffés sur le front étaient blonds, ses joues fermes et pâles, et sa peau si blanche que la fille oublia qu'elle demandait aux cartes de lui révéler le secret de son cœur.

Elle n'était pas troublée. Sa découverte lui semblait naturelle et, la lumière frileuse et jaune du matin se dorant de soleil, Fernande se sentit heureuse...

Elle se demanda ce que pouvaient être les sentiments de Jésus-la-Caille pour une femme. Elle ne savait pas s'il détestait les femmes ou non. Son vice, qu'il affichait, la jetait dans un embarras extrême et la séduisait. Elle aurait aimé le voir quelquefois, lui parler, l'approcher. Ce besoin qu'elles ont toutes de protéger un être faible et charmant, de se confier sans détour et de se retrouver en lui, Fernande le connaissait et si elle s'en étonnait encore, elle ne voulait pas le repousser.

Le Corse, à plusieurs reprises, l'avait surprise dans sa rêverie et, tout de suite, l'avait contrainte à la réalité. Fernande se soumit donc en apparence, mais elle possédait un secret dont on ne lui arracherait pas l'aveu.

De la rue, montait un remuement allègre. Les revendeuses criaient le prix des pommes de terre et des carottes... des trompettes sonnaient aigrement. On entendait la rumeur du marché, que couvraient parfois, de leur roulement sourd, les lourdes voitures de livraison.

Fernande se leva. C'était un tableau plein de vie : sous sa fenêtre, la foule grouillait, une foule patiente, curieuse, économe et bavarde. Les garçons épiciers, dans leurs longues blouses grises, répondaient poliment à qui les interrogeait; les garçons bouchers se montraient plus gaillards : ils savaient allier la déférence à la blague et débiter à la petite bonne crédule une marchandise que les compliments ne rendaient pas meilleure. On comprenait, aux gestes, les conversations. Il y en avait de toutes sortes, et le ciel pâle et froid luisait au-dessus des toitures.

Fernande s'habilla. La glace lui renvoyait son visage. Pour elle-même et parce que le temps était pur, elle vérifia minutieusement la douceur de sa chair, la souplesse de ses membres et l'éclat de sa beauté jeune et hardie qui la rendait si fière. Elle ignorait quels sentiments s'emparaient d'elle et la poussaient à croire en mille folies généreuses. D'ailleurs, savait-elle vraiment si la Caille devait être le jeune homme que représentait l'équivoque valet de pique? Elle avait imaginé la chose, car il lui était agréable de se rappeler leur entente depuis la capture de Bambou. Cela les rapprocherait à coup sûr et Fernande, devant le miroir qui la reflétait encore, se perdait non pas dans la contemplation de ses épaules rondes et blanches, mais dans le souvenir adorable de l'adolescent qu'au *National* elle avait secouru aussitôt, sans même réfléchir qu'en agissant de la sorte elle se détachait de son maître et, peut-être, cherchait à s'élever contre lui.

IV

Pépé-la-Vache, après avoir prouvé au Corse qu'il connaissait parfaitement l'affaire, parut ne plus s'en soucier, mais si – devant M. Dominique –

un maladroit s'obstinait à en parler, il le reprenait sèchement.

– T'occupe pas.

– Mais, on dit...

– Tiens! vise mon œil. Le plus mariolle y verra nib... et puis, qui ça : on dit?

Prudemment, l'autre se récusait.

– Faut pas crâner, continuait la Vache. J'te l'conseille pas.

Pris à témoin, le Corse approuvait la Vache. Entre eux, c'était une lutte sournoise où le courage du plus fort hésitait. S'il avait fallu combattre ouvertement, sans aucun doute, le Corse aurait vaincu; mais il reculait devant les finasseries de l'adversaire : il en comprenait mal l'objet. Pourtant, comme tous ceux de sa race, il épiait les moindres indices. Il surveillait ses gestes, et sa froideur méprisante le sauvait.

Maintenant, les deux hommes passaient leurs journées au *National.* Le goût qu'ils avaient pour le jacquet et les dominos les asseyait face à face, attentifs, penchés et méfiants.

... Octobre finissait dans la boue. Derrière les vitres emperlées des bars, de durs profils se devinaient, mêlés aux coiffures compliquées des filles. On parlait fort. C'était, autour du comptoir, les coups de dés du hasard et les parlotes animées qui, quelquefois, finissent mal. La rue Lepic grouillait d'un piétinement serré. Sur ses trottoirs en pente, elle retenait, entre les étalages et les voitures des revendeuses, des passants maupiteux et las, des ouvrières, des petites femmes, un flot d'équivoques flâneurs, des mégères, des nègres et des bourgeois. La voix gouailleuse des phonographes dominait par instants le tumulte de la rue et le violon plaintif des chanteurs populaires montait dans la lumière malade du quartier.

– Des boniments, répéta la Vache avec force.

Pour celui qui, la cigarette collée à la lèvre et la casquette avancée sur l'œil, s'entêtait, il demanda :

– Tu dirais qui?...

– Savoir.

Le domino que Pépé mettait sur le jeu claqua.

– Savoir?...

Et il s'étonna du mince et blême gigolo.

– Ça râle déjà, fit-il en le désignant sans colère.

– Pour?

– C'est bon. La paix... Si on te demande, tu diras que c'est moi.

– Oh! là! là!

Le Corse avait joué. Son domino posé, il suivit attentivement le débat et Pépé se troubla du regard trop net que rencontra le sien.

– T'as le taf, Pépé?

– Non, l'taf et les foies verts! railla-t-il.

Mais la partie s'acheva sans un mot. Ils sortirent.

Déjà, la nuit tombait. Entre les maisons noircies du boulevard, le ciel plus clair brillait légèrement. L'eau des ruisseaux le reflétait. On allumait les étalages, les bars, de grands cafés déserts et mélancoliques et, tout au sommet d'une étroite maison de plâtre, flamba la première réclame lumineuse. Elle projetait, de moment en moment, sur les façades qui dormaient, les toits d'ardoise et la douceur du crépuscule, l'intense clarté de son annonce. Une animation soudaine circula. Au ras du trottoir, les trams se précipitaient et, de toutes les rues, l'appel des trompes d'automobile, des cornes, le ronflement des moteurs, le roulement des voitures, la première criée des journaux, montaient avec furie.

Les filles que rencontraient M. Dominique et Pépé les saluaient sans arrêter d'écumer la foule. Eux ne répondaient pas. Ils allaient, plus que jamais hostiles, et supputant l'issue de cette explication. A l'avance, ils la redoutaient mais, ne pouvant l'écarter davantage, ils l'accueillaient et leur silence était nourri d'une même curiosité.

C'était l'heure où Fernande rejoignait d'habitude le Corse au *National.* Levée tard, mais coiffée, poudrée, enfin chaussée, la fille arrivait et offrait à boire. MM. les amis l'entourèrent.

Elle demanda :

– La mominette?

Le Lucre, Albert le Tondu, la Bataille et Flicot s'approchèrent du comptoir. On servit l'absinthe d'un grand coup. Ils burent, sans sucre, et Flicot suça ses moustaches. Puis, posément :

– Ton homme s'est barré, dit-il, et il attendit.

Fernande, indifférente, suivait de l'œil le mouvement de la rue. N'était-ce pas?... Elle crut le reconnaître... mais non, c'était stupide. Pourquoi donc le voyait-elle partout à présent? est-ce qu'elle ne s'en dégoûterait pas? et elle riait : « Chipée pour le môme : j'suis pas bonne! »

Elle ne riait pas toujours. Quand elle le rencontrait, son regard s'attachait au sien. Ne le sentait-il pas? Or il passait avec ses camarades. Quelle tristesse! il passait sans la voir et Fernande ne l'aurait jamais abordé, comme elle faisait couramment avec Titine ou Gueule d'Amour.

– Alors, t'entends?... ton homme... répéta Flicot, qui, décidément, la trouvait distraite.

Il avait fini de boire. Il s'en alla. Le Lucre, Albert le Tondu, la Bataille posèrent leurs verres vides sur le rebord d'étain et se dispersèrent dans la salle pleine de buveurs.

Gustave prévint poliment :

– Le Corse est sorti.

– Et après?...

Pour la seconde fois, elle entrevoyait la silhouette de Jésus-la-Caille, et cela la troubla.

Le désir qu'elle éprouvait de le connaître fit place à la crainte de ne pas le trouver tel qu'elle l'aurait souhaité. Son plaisir tomba brusquement. Elle le regardait pourtant évoluer sur le trottoir avec une émotion qui la bouleversait et qui réveillait en elle des pudeurs bizarres. Que voulait-il obtenir d'elle?... Depuis le soir où, prise de pitié pour sa faiblesse, Fernande l'avait averti d'être adroit, – c'était étrange – il l'avait fuie... D'où venait-il à présent? Elle le voyait, suppliant et soumis, qui l'attendait et, par coquetterie, Fernande s'interdit de sortir. Elle le lasserait à la longue. Elle voulait l'obliger à la respecter, à la craindre, à la désirer sans espoir de retour, car elle se sentait incapable de lui résister.

L'aimait-elle, du reste? Elle n'osait s'interroger. Il était de ceux dont les femmes ne doivent attendre que mensonge et découragement. Il était trop femme pour une femme et cette certitude attendrissait Fernande. Elle ne s'avouait pas qu'elle l'aimait déjà jusqu'à la dépravation de chercher en lui l'amie dont elle ignorait les baisers et les confidences. Il serait l'amie que les hommes n'ont pas su comprendre. Il serait cet équivoque délicieux et tentateur, cette gosseline, cette poupée vicieuse et sentimentale qui repose d'un amant autoritaire et qui se prête à tous les jeux.

Fernande soupira. Dans la glace, elle vit sa pâleur, l'éclat brûlant de son regard et se trouva laide. Sa nervosité la surprit. Elle lutta contre elle-même puis, quand elle eut jeté sur le comptoir une pièce de cinq francs et ramassé la monnaie, la force lui manqua pour sortir. Elle dut attendre appuyée au bar, une longue minute durant laquelle Gustave, le garçon, la considéra en haussant les épaules.

Enfin, Fernande se trouva dehors et, sans vouloir se rendre compte du manège de Jésus-la-Caille, elle murmurait : « Je t'aime, mon petit, mon petiot... Oh! viens vite... comme je t'aime!... »

Et elle le sentait derrière elle, à côté, dans la foule, glissant et tâtonnant.

– Bonsoir, dit-il.

Elle s'arrêta, le regarda. Il souriait : la mèche blonde, qui s'échappait de sa casquette et lui barrait le front, ajoutait à sa joliesse. Ses yeux brillaient d'une impitoyable douceur... Fernande lui demanda :

– T'aurais quelque chose à me dire, la Caille?

– Mais oui, radine...

Et il la précéda jusqu'à la place Blanche où il fendit le flot étourdissant des petites folles que le bal de l'apéritif du Moulin-Rouge attirait. Des danseuses fripées et sans voix entraînaient des fillettes fardées dont elles se disaient jalouses. Une pègre en délire se bousculait dans le passage.

*
* *

Ils dansèrent.

Autour d'eux, sur l'immense parquet, en contrebas des loges, d'autres couples unis et charmés tournoyaient lentement. Des ouvrières enlacées, frêles et toutes « gosses », séduisaient une bande de connaisseurs qu'elles s'appliquaient à dépister. Un jeune homme se laissait conduire par une fille énorme. Deux biffins agiles emportaient dans un tourbillon des trottins, et c'était encore, aux bras l'un de l'autre, des éphèbes que les femmes décriaient très haut.

On s'interpellait. L'orchestre trop bruyant assourdissait, mais, s'il s'arrêtait une seconde, une huée générale le conspuait.

Le promenoir affichait d'autres gloires : Olga, Titine, Gueule d'Amour et la Rembourrée s'installaient au bar et de doux enfants pâles leur souriaient. Ils avançaient. Il en arrivait d'autres et des filles aussi qui, languissantes, se tenaient par la taille, et des souteneurs épais et lents, et des provinciaux qui provoquaient du scandale, et des nègres, des rapins, toute une foule dont la rumeur renforçait la violence brutale des cuivres de l'orchestre.

Du bar, on voyait cette foule aller, tourner, piétiner, se confondre... Elle n'arrêtait jamais.

Le barman salua ses clients.

– La Caille fait des siennes, remarqua-t-il soudain sur un ton calme.

Titine eut une moue :

– Ma chère, avec une femme...

– C'est Fernande!

– Oh! alors, il est bon.

Ce fut une minute de surprise. On commentait l'événement.

– Qu'est-ce que tu veux? Il se range, dit Olga, qu'un rire méprisant affinait.

– T'es louf! A doit raquer, Fernande, ou elle fait le truc en combine.

– Mais le Corse?

– Probable qu'elle n'en veut plus. Pas besoin de l'écrire dans la *Lanterne?*... Non, mais la môme en tient... Zieute-la. Tu t'rends compte.

En effet, après la valse, Fernande se pâmait contre la Caille qui la faisait asseoir à une petite table masquée discrètement par un rideau de verdure et lui parlait dans le cou, tout en caressant du bout des doigts la main nue qu'elle abandonnait.

– T'es bath, Fernande, lui disait-il. Tu m'as passé le filon quand j'me gourais sur le chiqué du Corse... C'est lui qui a donné Bambou, n'est-ce pas? Je le sais. Me voilà sur les pattes, à présent. Il m'aura pas... Non, mais sans toi...

Sa voix prenante chavirait et la fille, blottie, s'alanguissait... Très loin, derrière un brouillard de fumées et de lumières, les cuivres stridents éclataient à nouveau.

Elle murmura :

– Petit homme, petit homme...

– Ah! Bambou, mon pauv' gosse...

– N'y pense pas... fit-elle... c'est trop triste...

Puis, s'abîmant dans une extase, les yeux tout à fait clos; elle frissonna.

De son côté, Gueule d'Amour déclara :

– Tout à fait saoule... mes enfants... qué malheur!

Il y eut un silence. Les guirlandes de drapeaux américains et de fleurs oscillaient sur la foule. On dansait.

– La Caille m'épate, fit quelqu'un.

– Il nous épatera, toutes.

– Il a barre... Fernande au béguin... mais le Corse?

– Casse-gueule. Tu sais qu'il charrie pas, le mec, avec sa poule.

C'était l'opinion générale. Le Corse inspirait au groupe une légitime terreur. Mais à ce moment, Jésus-la-Caille leva la tête et vit, dressés derrière le rebord des loges, les amis curieux et bavards qui l'observaient. Il leur sourit d'un clin d'œil complice et, de nouveau, s'inclina sur Fernande... Elle reprenait conscience; sa première parole fut pour lui :

– Mon gosse!

Et, lentement :

– Qu'est-ce que t'as mis dans tes mirettes!...

C'est vrai qu'elle était ivre, mais d'une tendresse si chaude qu'il dut l'embrasser sur la bouche au grand émoi de tout le groupe.

– Petite vache, avoua-t-il.

– Tiens, soupirait Fernande, j'ai peur que tu m'aimes jamais comme t'aimes Bambou.

– Tais-toi. Bambou, c'est mon homme et j'le dirais même devant l'Corse.

– Tu l'dirais!

Elle admira son audace, un instant, puis à voix basse :

– Dis pas ça, mon gosse... Il t'briserait comme Bambou, comme il veut tous vous briser, qu'il assure. Tu l'connais pas, la Caille. Il peut pas sentir les mignards. Il voit rouge. Des fois, quand il apprend qu'une femme a trompé son homme avec une tante, c'est lui qui s'trouve comme cocu et qui veut s'venger. Ah! si la Police n'y f'rait pas d'soucis, alors, tu l'verrais.

Elle s'abandonna tout à fait.

– Toi, y a longtemps, la Caille et j'dois te l'dire, et j'voulais et j'voulais pas, mais il te vise et j'peux pas savoir comment qu'il s'y prendra. L'coup d'Bambou, à l'hôtel, avec Mina, c'est d'lui. Méfie-toi. J'suis folle, petit homme, à c'tte idée. J'suis ta femme. Où tu voudras qu'on aille, j'irai, j'travaillerai, j'f'rai du pèze et je t'en lâcherai pour qu'on soit rien qu'nous deux et la belle vie d'amour.

– Fernande, dit la Caille sourdement, il t'a parlé d'moi?

– Jamais. Il m'dit jamais rien. Des fois qu'il dort, il cause et j'l'coute et j'arrange tout c'qu'il raconte... Faut pas... Non, la Caille, on partira bientôt puisqu'on s'aime.

Ils se regardèrent.

– M'aimes-tu, au moins? interrogea Fernande.

– Oui, répondit la Caille en détournant les yeux.

Il n'était pas à l'aise. Fernande venait d'augmenter ses craintes et il se demandait avec angoisse comment il échapperait à la haine du Corse. Emmener Fernande, il n'y pensait guère. Qu'en aurait-il fait? Il préférait de beaucoup prévenir les combinaisons du souteneur en confessant adroitement la fille. La capture de Bambou l'affolait encore. Il n'avait plus de force, il se trouvait seul et quand il rentrait à l'hôtel et se couchait dans le lit où, naguère, son ami l'attendait, il ne s'endormait plus... « Bambou! Bambou! » soupirait-il. D'un bras à la taille et de l'autre à l'épaule, il s'étreignait lui-même et, les yeux ouverts sur le jour blafard qui envahissait la chambre, restait éveillé jusqu'au soir et ne parvenait pas à calmer son inquiétude.

Fernande ne prit plus garde à rien. La Caille l'aimait... Tout s'effaçait pour elle : les danseurs, les filles porteuses d'un luxe masculin, et les truqueurs jolis et réservés que des clients naïfs cherchaient à pervertir...

Mais le bal finissait... Il ne resta bientôt plus aux tables de pourtour que des Marseillais dont les femmes travaillaient dehors, des nègres, des boxeuses... Sur le parquet dégarni, des couples à présent évoluaient à l'aise. Le promenoir, peu à peu, se vidait, sans cris, sans heurts... Les musiciens de l'orchestre avaient mis leurs chapeaux.

Et, dans le hall immense, quand le quadrille final eut cessé, un silence singulier s'empara très vite des choses et chassa, un à un, les derniers habitués dont le pas muet traînait sur le tapis et dont les glaces obscures se renvoyaient l'ombre.

V

Dehors, le grouillement de huit heures surprit Fernande et la Caille comme s'ils en avaient perdu l'habitude. Ils se quittèrent. Des taxis roulaient, stoppaient et déversaient aux terrasses des brasseries tapageuses tout un lot de femmes que des rendez-vous attendaient. Les chevaux de fiacre encensaient misérablement; des ouvrières pressées débouchaient du métro par bandes et de minces voyous, postés à l'angle de la rue Lepic, sifflaient leurs femmes.

Il ne faisait pas froid. Octobre offrait un ciel gonflé de pluie et, sur ce ciel, les perches déjà nombreuses des baraques foraines qu'on établissait pour la fête de novembre se confondaient avec les cimes dépouillées des platanes du boulevard.

Des roulottes fumaient. L'ombre, derrière elles, s'animait de gestes et d'attitudes insolites. Des ballots de toile encombraient la chaussée. Des mâts étaient couchés par terre et des cordes, des caisses, des planches, des sacs traînaient.

A la vue de Fernande, M. Dominique sobrement constata :

– Madame s'amène.

– Ben, naturellement...

– D'où qu'tu viens?

– Et toi?

– C'est-il une prune, qu'y t'faut, pour boucher ça?

– Non, merci : un mêlé-casse...

– Beaucoup d'mêlé, pas beaucoup d'casse, annonça, par métier, Gustave, jovial.

Or le Corse n'était pas de mauvaise humeur.

– On se nippe, dit Fernande.

Elle l'examina, et toute surprise de le trouver cravaté de blanc, ajouta :

– Monsieur va dans le monde?

– Suffit.

– Oh!... ça va bien.

Des couples entraient et sortaient. Des inconnus silencieux s'accoudaient au comptoir. C'était déjà l'écume de la grande ville de toile qui, sur les boulevards de Clichy et de Rochechouart, s'organisait hâtivement.

– Allons! dit le Corse.

Fernande paya et, dans la rue, demanda, la voix brève :

– C'que j'fous, c'soir?

Il répondit avec un geste vague :

– J'm'occupe... fais ton boulot : bricole; moi j'garde la clef.

C'était la laisser libre cette nuit. Pourtant, elle eût aimé savoir quelle entreprise intéressait le Corse, mais en vain lui posa-t-elle plusieurs questions. Ils arrivaient au restaurant : l'homme buvait, mangeait, se taisait et la lâchait ensuite sur un « Bonsoir, t'en fais pas! » qui coupait court à tout.

Où allait-il si vite? Les coudes sur la table, Fernande – son café servi dans un verre – réfléchissait. Ce mystère l'intriguait et, d'en être tenue à l'écart, une rancune la soulevait qui frustra la Caille des plus amoureuses pensées.

Elle aurait presque renoncé à cette nuit de liberté pour suivre M. Dominique et, longtemps, son imagination l'emporta dans l'incertain, le possible et le pire. Elle le voyait – comme dans une affaire déjà lointaine dont ils avaient ensemble débattu le plan – escalader, robuste et souple, la grille d'une petite villa de Charenton, tandis qu'elle arpentait la chaussée, accostait un passant de hasard, l'obsédait de ses propositions et détournait ainsi du Corse tout danger immédiat. Un sifflement l'avertissait. Elle répondait par le même sifflement. L'homme escaladait de nouveau la grille, ses « outils » sous la veste, les poches gonflées, des « fafiots » noués dans un pan de sa chemise. Il la précédait alors et Fernande assurait sa rentrée.

De cette affaire, jamais rien ne s'était ébruité. La vieille demoiselle étranglée dans la petite villa de Charenton n'offrait le lendemain à la police que des empreintes maquillées et, sur les meubles, les poignées de porte, la grille elle-même, on ne relevait aucun indice qui pût servir.

Ah! le Corse travaillait bien... et la fille lui prêtait la même dextérité dans l'aventure qu'elle supposait. Elle lui reprochait toutefois son ingratitude; mais la salle se vidait : elle but son café d'un trait et décampa.

*

* *

Sous une petite pluie qui tombait en poussière, les orgues marchaient avant la fête.

– Acré, Fernande!

– Bonsoir, répondit-elle, sans hâte.

– Écoute. J'ai à t'causer, murmura Pépé-la-Vache.

Il la précéda dans un bar d'où Mina, le voyant arriver, sortit en affichant un immense dégoût.

– Elle est piquée, celle-là! déclarait l'homme en s'installant. Patron, un marc, et toi?... Aussi? Deux marcs, alors, patron. Il déboutonna son pardessus. Figure-toi, Fernande... et il rabattait le col du vêtement... j'ai vu le Corse. On est franc, nous autres, n'est-ce pas?... Ce soir, le Corse travaille.

– Je l'sais.

– Je n't'apprends rien. Du reste, on turbine ensemble et si j'ai à te causer, c'est rapport à lui et à toi, car tu l'sais bien, Fernande, pour toi... c'est pas l'moment de flancher.

– J'ai jamais flanché pour... Après?

– Après?... Mais il me disait encore il y a pas si longtemps : « La môme se dérange. Je l'vois. Parole. Si j'la pince, elle et son « dessous », je les rate pas. » Et le Corse n'est pas une gourde : tu fais ce que tu veux, bien sûr, mais il t'aura toujours...

Il prit un temps.

– Moi, je le connais, ton « dessous », Fernande.

Elle le regarda.

– Faut être aveugle, pour pas y voir.

Puis, très simple, la surveillant, malgré son air :

– A ta place, conseilla-t-il, j'larguerais l'môme.

Au bout d'un moment, comme elle se taisait, il reprit :

– Largue-le, quoi! Je t'ai vue l'autre soir lui cligner de l'œil... Mais, s'pas, c'est un tuyau que j'te passe. J'prends tout sur moi. Pourtant, si tu voudrais... Fernande...

– Comment... si j'voudrais?...

– C'est pas d'aujourd'hui que j'te l'répète. T'aurais qu'à dire un mot et il s'rait frit...

– Fumier!

– Tiens-toi. L'patron est une connaissance. Ainsi, ce soir, on l'cueillerait au boulot. Tu serais...

– Où qu'il travaille?

– C'est mon affaire et j'peux le donner...

– Tu le donnerais?

– Ah! Fernande... à toi, seule; j'ai mes raisons...

– J'les connais tes raisons, la Vache.

– Sont-elles mauvaises?... Mais d'te voir cavaler sur la Caille, ça m'défrise. Il ne manque pas d'hommes qui rigoleraient de t'avoir pour môme. Moi, d'abord. Tu t'rappelles? Avant que l'Corse te prenne, j't'avais à la chouette. Tu rendais alors;

on aurait pu se mettre nous deux et voir venir. Mais non. T'fallait du mec et, aujourd'hui, je l'lis dans tes châsses que t'es pas heureuse, ensemble... A preuve. T'es là, toute égnollée cause que j'bonis sur tes amours...

– Mes amours? J'ai pas d'amour qu'mon homme et, d'vant ta gueule, tu penses que j'vas chanter!

Une sorte d'énervement la poussait à bafouer cet amour qu'il avait toujours eu pour elle et dont la persistance l'obsédait. Sans doute, Pépé était sincère, mais on ne lui connaissait pas de femme et cela, peu à peu, lui avait donné une réputation dangereuse. La Marie et quelques filles de maison pouvaient bien le chérir et, sur leurs gains, distraire une part qu'il dépensait ouvertement; certaines fréquentations, dans les milieux sportifs et chez les bistros du faubourg Montmartre, le mettaient vis-à-vis de tous dans une position délicate. Il était trop fin et, surtout, il cherchait trop à plaire aux femmes.

Fernande continua :

– Mes amours?... Tu charries... J'ai assez de toi à m'aimer et, t'sais, j'en ai ma claque. Le Corse est peut-être moins girond qu'd'autres. N'empêche, j'l'ai dans le sang et il sait me prendre. Toi, t'es là... tu danses, tu fais jouer ton miroir... Des boniments, la Vache... Des fois, même, on croirait... Mais n'te fâche pas... t'es renseigné sur tout... t'emballerais même le pape... Seulement ça ne me dit pas où qu'turbine mon homme.

– Nature.

– Oh! garde-le, si ça t'gêne. Je suis tranquille. Le Corse quand il s'occupe, c'est dans l'sérieux.

– Des fois qu'il raterait son coup?

– Tu m'épates.

– Et si je l'veux, il l'rate, déclara froidement Pépé.

Fernande comprit qu'il parlerait et qu'elle serait ensuite la plus forte. Aussi se déroba-t-elle adroitement.

– La Vache, t'es trop marle pour le vendre. Y a ta part sur le tas. J'suis pas en peine. Mais tu devrais me dire comment mon homme et toi, vous v'là dans la même usine à présent.

Elle était franche. Entre les deux hommes, son sûr instinct l'avait avertie d'une lutte patiente et rouée. Les voir ensemble la surprenait... Mais, après tout, Pépé mentait-il?...

Il ne mentait pas. Alors que le Corse l'entraînait sur le boulevard de Clichy, son cynisme l'avait désarmé et, fort de ce qu'il connaissait de la mystérieuse capture de Bambou, il se montrait, enfin, si bien averti des moindres intentions de M. Dominique que, par prudence et sans doute avec le secret désir de le battre un jour sur sa précision même, celui-ci lui confiait le plan d'une excellente affaire sur le point d'aboutir.

Or Pépé-la-Vache se montrait, jusque là-dessus, complètement documenté. Il citait au Corse le bal Wagram, où s'était élaborée la combinaison. Une petite boniche, levée par M. Dominique dans la cohue, puis (elle en valait la peine) conduite dans un meublé des alentours. Ça durait depuis trois semaines environ. Le souteneur se faisait passer pour valet de chambre, actuellement sans place, et se laissait croire fort épris des plaisirs que sa naïve amie lui prodiguait. La petite bonne, enfin, l'introduisait dans sa chambre, car on y était mieux qu'à l'hôtel, et le Corse prenait de l'immeuble, puis de l'appartement, qu'il visitait pendant une absence des maîtres, un plan très détaillé dont il saurait user bientôt.

Et Pépé-la-Vache ajoutait que l'heure était venue, les « singes » partis depuis deux jours dans le Midi, de « nettoyer proprement la crèche » tout à son aise.

Fernande le laissait poursuivre, distraite en apparence ou railleuse, pour aider de pareils aveux...

Ils étaient complets quand elle l'arrêta :

– C'est donc rue Benjamin-Godard, que tu voulais pas dire?

Il venait de se perdre.

– Merci. J'aurai le numéro demain dans le journal, reprenait la fille.

Et, soudain méprisante pour la Vache, qui se leva, elle réglait les deux marcs et, sur le trottoir, le rejoignait.

– Prends garde! dit-il très bas.

Elle le toisa du regard.

– Ta gueule... Un mot que j'lâche au Corse et t'es foutu. Prends garde? Mais je vas me gêner peut-être. Tu voudrais pas... Va plutôt donner mon homme, si t'es crâne, et j'te donne avec.

Il ricanait, planté contre elle.

– Comme tu voudras, Fernande.

Et, des yeux, de la bouche tordue par la colère, de toute l'expression haineuse de son visage, il la défiait :

– Donne-moi, j'suis peut-être, ballot, plus bourrique qu'eux!...

*

* *

Il la quitta sur cette vague menace et, parmi les tourniquets et les tirs du boulevard, Fernande déambula. Son irritation se changeait en dégoût et Pépé-la-Vache, plus que jamais, lui parut méprisable.

Des filles et de petits voyous se pressaient dans

la clarté des becs d'acétylène qui flambaient avec un sifflement et répandaient, dans les baraques, une lumière atroce que les draperies d'andrinople, les miroirs figurés, les dorures, les étagères de bois peint, les bocaux de bonbons anglais absorbaient uniformément... La pluie battait les toiles. Le vent les gonflait quelquefois. L'eau dégoulinait à terre et les manèges immobiles, couverts d'immenses bâches pour la nuit, luisaient de loin en loin. Une odeur de bois mouillé, de goudron, de poudre, d'humidité prenait à la gorge. Fernande allait au travers des groupes, tantôt curieuse de voir un tireur « démolir » *son* œuf, tantôt déçue par cette maigre animation qu'elle rencontrait autour des orgues mécaniques, des phonographes et du boniment épuisé des vieux pitres. En casquette, et sanglé dans une défroque verte, l'un d'eux cependant célébrait les merveilles d'un salon d'almées, et les habitués du Rochechouart échangeaient entre eux des sourires, parce que la plus belle fille, qu'on offrait à l'intérieur, dévêtue, n'était autre que Pivoine, qu'ils connaissaient tous et qu'ils méprisaient. Pivoine ou Marie-Madame, objet de leur risée, se trémoussait au seuil de la baraque. Ils parodiaient ses gestes. Ils lui disaient des mots cruels. Elle sautait et, quand l'aboyeur détaillait ses charmes, elle les présentait avec une basse et pauvre soumission.

Fernande s'éloigna. Trop d'écœurement la gagnait à ce spectacle. Elle longea des charrettes dételées, des piles de planches. On élevait ici de frêles constructions. Les hommes travaillaient en silence et la pluie les gênait. Ils s'appliquaient. Ailleurs, les lampes fumaient dans la boutique du confiseur. Un forain attentif lisait *Le Journal de Roanne.* Cet autre plantait des clous et, sur une table abritée par un parapluie rouge, les petits jeux d'argent marchaient bon train.

Onze heures sonnant, tout s'éteignit. La fille faisait encore un tour, répondait au « bonsoir » très sec de Mina, revenait sur ses pas, allait, traînait. Elle ne savait à quoi se résoudre.

Jamais, comme ce soir, elle ne s'était sentie si seule. Il lui venait en mémoire mille impressions qu'elle ne pouvait chasser. Elle se retrouvait à cette foire de Clichy, comme au temps où Petit Maurice la dirigeait dans la vie et, devant les tirs, à la détonation des carabines, Fernande évoquait sa jeunesse. Petit Maurice faisait un carton. Elle se promenait et le couple se donnait rendez-vous dans un bouchon de l'avenue où de vieilles prostituées, qui logeaient rue des Dames, allaient parfois, durant la nuit, se reposer. Vraiment, elle l'avait aimé, son homme!... Elle était pleine de courage, elle lui apportait de l'argent et il l'embrassait dans le cou, doucement, sur les yeux, sur la bouche pour la remercier. Mais rien ne dure : elle reconstitua, dans ses détails, la scène de leur rupture. C'était simple. Fernande en avait assez et il paraissait aussi las qu'elle de leurs relations. Ils se séparaient bons amis, quatre jours après, elle s'était reprise à l'aimer sans espoir de retour. Elle avait été la plus misérable de toutes. Petit Maurice débauchait une jeune ouvrière : il la mettait sur le trottoir, et, tout de suite, la môme faisant de l'or, il en débauchait d'autres. Elle souffrait de le rencontrer, au Moulin de la Galette, avec ses femmes, et Pépé, qui rôdait dans le bal, lui faisait des avances; elle le prenait pour s'étourdir. Jamais elle ne l'avait aimé, ni désiré. Jamais... Il la répugnait trop chaque fois. Elle le quittait. Puis, dans un débit de la rue Lepic, elle cherchait querelle à Petit Maurice... Quelle magnifique volée Fernande avait reçue, cette nuit-là!

Là-dessus, le Corse, à qui elle plaisait, la vengeait. Petit Maurice quittait le quartier. Il s'établissait dans un « guinche » de l'avenue de Clichy et ne reparaissait plus à Montmartre... On le disait, depuis, fait dans une sale affaire de correctionnelle. Ah! c'était loin. Le Corse l'établissait. Elle ne l'aimait pas. Il ne l'aimait pas non plus. Quelle vie! Mais elle le craignait, car il l'aurait saignée pour affirmer ses droits. Au début, il l'associait à ses entreprises; elle lui rendait service, puis un jour, il se reprit, car il ne voulait point dépendre d'une femme. Celle-ci l'aurait assurément trahi. Il le comprenait. Elle était orgueilleuse et, jamais, il n'avait pu briser cet orgueil qui la faisait se rebeller, même devant les amis, encore qu'il la battît fort justement.

Avec ce caractère, Fernande n'était pas heureuse. Elle évoquait quantité de souvenirs et chacun lui apportait une tristesse de plus. La fille alors, les pieds dans l'eau, le parapluie fauché par le vent, concluait :

– C'est pas la peine, bon Dieu!

En face, elle aperçut, derrière les carreaux brasillants d'un bar, les Marseillais qui faisaient leur manille. De lourds gaillards, près d'eux, discutaient. Leurs gestes la rappelèrent à la réalité. Elle repartit.

Quand elle passait devant un débit, son regard y cherchait machinalement le Corse. Elle pensa tout à coup qu'il était rue Benjamin-Godard. Elle le vit embrasser la petite bonne et la flamme ambiguë dont son regard devait briller, elle seule l'imagina. Au moins, si elle l'avait aimé, elle aurait souffert de le savoir avec une autre. Mais Fernande n'était qu'irritée de la méfiance qu'il avait observée à son égard... A quoi lui servait donc d'avoir tout découvert? Elle était lasse, furieuse, envahie par un long frisson qui, la secouant toute, la fit rudoyer un passant d'un : « Mais non, je travaille pas... vous voyez bien que je m'promène! » et s'éloigner, sans se retourner une seule fois.

La sortie du Moulin-Rouge animait fiévreusement la place Blanche. A la terrasse des cafés, des filles s'installaient. Les taxis viraient et filaient. Des voitures partaient au trot. Il ne pleuvait plus et Fernande oubliait subitement sa détresse, car Jésus-la-Caille venait à sa rencontre, et les yeux cernés, lui souriait.

Elle prit son bras, sans une parole et, grave, le regarda.

– Ma gosse! fit-elle tout attendrie...

– Qu'es't'as?

– Je t'ai cherché partout, avoua-t-elle dans un élan, et, l'épaule fondue dans celle du gigolo, elle eut la sensation très nette qu'il l'emportait, qu'il la perdait et qu'avec sa silhouette gracieuse et cambrée, il était le plus fort.

VI

Installée maintenant à *la Palme* avec Jésus-la-Caille, Fernande commandait à boire. Titine et Gueule d'Amour traversaient la salle et s'accoudaient indolemment au bar. Une cigarette aux doigts, la taille bien prise dans leurs gilets ouverts, ils bavardaient et de doux éphèbes entraient : ils faisaient, de la main, un petit geste auquel répondirent les deux amis. Les tziganes attaquaient une valse.

Attirant contre lui Fernande, la Caille resserra peu à peu son étreinte et, quand ils furent si près l'un de l'autre que leurs lèvres se touchaient presque, un désir abattit la fille sur la poitrine de l'adolescent. Il la tint une longue minute, et, les yeux chavirés, elle avança une bouche qu'il prit sous la sienne, dans un baiser brutal comme une morsure.

– Tu m'as fait mal, soupira-t-elle, en le contemplant d'un regard enivré... T'es ma gosse, la Caille, dis-le... dis-le pour voir que t'es ma gosse? implora Fernande.

– Ta gosse à toi.

– Hou! les vilains, s'écria Titine, qui s'arrêta devant eux et jeta sur la Caille un regard de reproche. Mais ça n'fait pas l'affaire du général... tu sais... votre béguin, mes amours. Regarde. Il crève de bile, ton vieux.

– Quel vieux? demanda la fille.

Titine désigna, sans plus, un buveur solitaire dont elle surprit le regard.

– Une gueule, alors!...

– Comme tu dis... mais au pèze, ma jolie.

– Bonsoir! bonsoir! faisait la Caille.

L'homme se levait.

– Mince! déclarait Titine en les quittant, je me barre, vous allez rire...

Mais la Caille accueillait le nouveau venu, lui présentait Fernande et lui offrait une chaise.

La fête commença. Entre les danses, des cris et des rires s'élevaient. Gueule d'Amour chantait dans le brouhaha et lançait des œillades à certains qui l'applaudissaient en le tutoyant. Il s'arrêtait et reprenait, après une repartie cynique, son répertoire dont il soignait les obscénités. Des gens s'esclaffaient. D'autres n'avaient pas un sourire, mais quand, les mains aux hanches, le chanteur passait devant eux, ils le dévisageaient avec une fixité singulière.

Pressée contre la Caille, Fernande ne pensait qu'à l'amour qui la dominait et, dans ce bar où chacun affichait ses convoitises et lâchait bride à son vice, elle se découvrait une fraîcheur de sentiment telle que sa physionomie devint étonnamment pure. Elle imagina pourtant que le Corse explorait méticuleusement la « crèche » de la rue Benjamin-Godard. Il lui parut grotesque et elle l'abomina comme un être abject. D'ailleurs, pourquoi se cacherait-elle? Demain, elle quitterait le Corse : elle en savait assez sur son compte pour qu'il ne l'inquiétât en aucune façon et Fernande fermait les yeux dans un sourire.

– Mais s'il se fâche? se demanda-t-elle presque aussitôt.

La malheureuse tenta d'écarter cette pensée qui décourageait sa joie. Certainement, il se fâcherait... et tout en elle se révoltait. Quand il l'avait prise et vengée, lui avait-elle rien demandé? Elle ne l'aimait pas. Elle aimait alors Petit Maurice et, maintenant, c'est la Caille qu'elle aimait. Elle sentait combien profondément il la tenait. De ses grands yeux cernés, de sa longue mèche blonde, de sa bouche prometteuse et de sa peau de femme, elle était éprise par-dessus tout. Et il lui montait au cœur un impérieux besoin d'être avec lui moins de son sexe que de l'autre; ce besoin la poursuivait depuis si longtemps!...

D'ailleurs, l'exemple était-il rare d'une fille amoureuse d'un Jésus? Friquette, Gaby, la môme Gisèle ne se gênaient pas pour choisir comme amants les plus équivoques « flancheurs » du Moulin. Elle était libre enfin et le mot de Friquette : « Ma chère, c'est plus épatant qu'une gonzesse! » lui était resté dans l'esprit.

Elle revit Friquette, à la démarche dégingandée, passer la porte du bar et se laisser prendre la taille par Gueule d'Amour; on la saluait au milieu des lazzi :

– Bonsoir, coquine... où qu'est ta femme?...

Qu'est-ce donc qui l'attirait aussi? Elle trouvait dans le regard de Jésus-la-Caille une lueur qui la fascinait... C'était encore, de lui serrer seulement la main, une irritante et chaude sensation et quand, ce soir, il l'avait prise au Moulin dans ses bras pour la faire danser, elle avait pensé défaillir à deviner son corps charmant pressé contre le sien.

Un frisson la parcourait même maintenant, s'il la caressait du bout des doigts, la main morte, le bras entourant la taille qui pliait. Elle attendait cette caresse que couvaient ardemment ses sens. Sa jambe sous la table se liait à celle du jeune homme; elle la sentait ferme et ronde et Fernande lui devait l'émotion très vive qu'elle trahissait.

Sur une banquette, un leste petit voyou, que des gentlemen faisaient boire, se leva.

Je suis un Eros vanné...

commença-t-il. On chahutait. Il déclara, la bouche arrondie dans une moue adorable :

– Ben, quoi?... les mecs, la ferme ou j'me couche.

Puis carrément, il annonça :

– Au premier d'ces messieurs.

– Bravo! Kiss!... Kiss!... Epatant, môme... Splendide. Ah!... ah!... oh!... Une perle!... chéri!

– Faudrait s'entendre...

Il continua.

Prise de fou rire, une fille quittait la salle. Un Américain se faisait traduire au fur et à mesure ce que l'on disait et il applaudissait un peu après les autres. Il s'exclamait, il buvait... il cherchait à mettre au courant sa femme qu'un des tziganes entreprenait.

Le diseur avait du succès. Une clameur salua la fin de son monologue; on l'appelait à toutes les tables. Il fit une quête et la Caille, qui l'attendait au passage, demanda :

– Te v'là dans l'truc?

– Faut bien, répondit la Puce.

– Et la frangine? insista la Caille.

– M'en parlez pas... barrée, la frangine, avec une frappe du Latin.

Il déplora cette fugue :

– Si c'est pas malheureux! Et, dans une franchise déconcertante :

– J'avais qu'elle, avoua-t-il.

– Alors? s'informa poliment le général.

Il désigna la table qu'il allait rejoindre.

– Voilà!

Son air de gamin vicieux intéressait le questionneur, qui mit une pièce dans le plateau.

– Merci, mon père, dit la Puce, dégoûté.

Pour la Caille, qui le regardait, il l'avertit enfin :

– Pépé flanoche dans les parages... et il montra

Fernande. Pour elle, probable... Sans boniment, affirma-t-il avant de s'éloigner.

Encore la Vache!... Fernande méprisante mit la Caille au courant de ce qui s'était passé le soir même.

– Mais, l'Corse? demanda la Caille.

– Ah! non. Laisse-moi, fit-elle avec brusquerie.

Cette question réveilla toutes ses inquiétudes. Elle redouta le Corse et, lui opposant dans son esprit l'équivoque souplesse de son nouvel amant, Fernande frissonna. Elle était inquiète aussi de savoir pourquoi Pépé-la-Vache, qui devait aider le souteneur dans son entreprise, rôdait autour de *la Palme*. Il y avait là quelque combinaison mystérieuse, dont la raison lui échappait, et elle prit peur.

– Veux-tu qu'on rentre? proposa-t-elle à Jésus-la-Caille.

Il riait mollement. Le général commandait à boire et Fernande se leva.

Elle se rassit aussitôt, car personne ne la retenait. Alors sa lâcheté lui fit honte. Elle n'avait même plus la force de s'en aller. Il la soumettait par son air évasif et fuyant. Et, cependant... Quelle basse crapule les entourait! Aux tables voisines, elle remarquait, à la pâleur qu'aggravaient le bistre chaud des paupières et le raisin des lèvres, une engeance éreintée, bouffonne et délicate. Elle comprenait de quel mépris les mâles du *National* pouvaient accabler ces adolescents maquillés, et son dégoût lui remontait au cœur. Elle se désolait, surtout, de constater combien la Caille différait peu des autres. Ses manières la navraient. Il était joli, blond, mince, et ses belles épaules, sa taille flexible, ses hanches trop larges en faisaient le type odieux et attendrissant d'une race que maintenant elle condamnait.

Elle l'aimait pourtant, en dépit de sa répugnance, mais elle aurait voulu pouvoir s'enfuir. Il était trop tard. Elle redoutait, dehors, la manœuvre de Pépé-la-Vache. Entre les baraques endormies, il devait attendre et méditer une revanche obscure. Il l'épouvantait ainsi, posté dans l'ombre, patient, haineux, volontaire. Elle n'oubliait pas ses dernières paroles. Mais quel homme était-ce donc vraiment? Elle ne le connaissait pas. S'il s'était trahi tout à l'heure, il l'avait sans doute fait à dessein, dans un but secret qu'elle n'osait envisager, parce qu'elle comprenait, vaguement, en avoir fourni l'occasion mauvaise et décisive.

La Caille la regardait, et il ne souriait plus. Fernande baissa les yeux. Tout l'angoissait et tout lui reprochait son attitude... Non, le Corse ne lui était plus grotesque : elle devina qu'il supporterait, le premier, les conséquences de sa victoire sur Pépé-la-Vache, mais elle ignorait jusqu'où le ressentiment du vaincu s'étendrait.

La présence de Jésus-la-Caille ne la défendait. pas des pires suppositions. Il avait peur, lui aussi. Son regard le disait, son silence parlait trop haut, mais rien, pour Fernande, ne l'attachait davantage à lui. Ils se regardaient. La loquacité des buveurs s'étaignait sans noblesse. Seul, le général, mis en verve par la boisson, prononçait des paroles choisies.

– Oh! non, non! supplia la fille... la Caille, ma gosse... allons-nous-en...

Il l'attirait, il l'embrassait. Elle était perdue tout à fait et elle déclara, prise d'un immense besoin de se révolter, mais sans aucun courage :

– Non, non... laisse-moi partir... ma gosse... t'es plus putain que moi!

Cependant l'aube se levait. Dans les vitrages du bar, elle mettait une lueur incertaine qui, lentement, envahissait un ciel chargé de pluie. Des nuages filaient sous le vent. Il ne faisait pas encore jour et, déjà, l'électricité devenait moins brillante. Une minute, chacun se sentit épuisé devant cette aube livide, puis les tziganes s'acharnèrent.

D'abord, les hautes glaces qui garnissaient les murs réfléchirent une lumière trouble. Les cuivres perdirent tout éclat. L'ombre cernait des visages bouffis et pâles et entourait, d'un halo touffu, les lampes qui brûlaient encore.

Un couple demanda son vestiaire. On entendit grincer la porte et résonner des pas sur le trottoir.

Par moments la rue s'éveillait. Des voix rauques passaient et se perdaient. Le général, complètement ivre, saluait le jour d'un bégaiement pâteux et la Caille emmenait Fernande, tandis que l'ivrogne, en pleurant, se laissait mettre en taxi par Titine, qui montait avec lui, et donnait au chauffeur une adresse d'hôtel.

Il faisait froid. Les arbres frissonnaient et les baraques de la foire qui, sur la place et le boulevard, se succédaient, grelottaient de leurs bâches détendues et grises. Il pleuvait à molles gouttes dans le vent. Le petit matin, frotté de vert pomme et de jaune citron, luisait à contre-jour.

Des ouvriers, que Fernande et la Caille croisèrent, descendaient les trottoirs. A droite, vers la place Pigalle, l'hôtel de la Caille n'avait pas encore soufflé sa lanterne dont la flamme, vacillante et bleue, guidait les couples toute la nuit. Ils se dépêchaient, mais un rassemblement près d'une baraque attira soudain leur attention.

Des gens couraient et gesticulaient. De son siège, un cocher regardait et hochait la tête. On se pressait pour voir. On ne voyait pas bien. Le cocher donnait des explications. Les agents « déblayaient ».

– Eh! vous, là-haut... ça va, n'est-ce pas? Allons, ouste!

– Voilà. Hue! donc... eh! carne!

Le fiacre démarrait lentement et la Caille s'informait auprès du bonhomme.

– C'est rien, dit-il, donnant la bride à sa jument : une môme plantée.

– Là-bas?...

Et il poursuivit :

– Les bandits! entrer dans les femmes, à présent...

Les curieux se dispersaient. Sur le trottoir, des pierreuses, décoiffées et mornes, discutaient. Un rôdeur s'éloignait, discrètement, sur ses espadrilles... A l'angle de l'impasse, la Caille et Fernande attendirent, postés sous la lanterne dont la flamme noircissait le jour.

– T'as pas vu, la Caille? demandait Gueule d'Amour en lui serrant la main.

– De quoi?

– Mina! Mais salement par terre, avec ses deux coups de lame dans l'dos... A n'a pas dû râler des tas.

– La Caille! la Caille! supplia Fernande toute blanche.

Gueule d'Amour désignait du menton un peloton d'agents cyclistes. Quelques témoins, qu'ils retenaient, baissaient la tête. A l'angle du boulevard et de la place Pigalle, la police arrêtait le passage.

– La Caille! reprit Fernande.

Et, comme, dans un mol coup de vent, il se mettait à pleuvoir, elle l'entraîna.

Elle tremblait et claquait des dents. La Caille la soutint dans l'escalier. Il était atterré lui aussi. Le garçon de service les regarda monter sans dire un mot, car de pareils retours, depuis longtemps, ne le surprenaient plus.

Ils arrivèrent à leur chambre. Fernande se laissa tomber sur une chaise et la Caille aussitôt se déshabilla. Ils se taisaient. Elle le regardait plier ses vêtements : elle voyait Mina et Pépé-la-Vache.

– C'est lui, dit-elle, sans faire un mouvement.

La Caille sursauta. Fernande, toute blême, se levait, le regard fixe, et dégrafait sa jupe. Alors il se mit au lit. Son visage, hors des couvertures, était blême, ses yeux luisaient. Il pensait de son côté à Pépé-la-Vache et le jour sale, qui entrait par la fenêtre, éclairait tristement la tapisserie ancienne et déchirée. Il se rappelait la scène du *National* où Mina, dans un accès de rage, accusait la Vache de menées mauvaises. Il lui avait donné tort. Il ne savait pas... Il la plaignait maintenant qu'elle était morte et que, sur le boulevard qui l'avait connue libre et courageuse, son cadavre recevait la pluie.

Fernande contre lui se glissa. Il se demandait comment cette affaire finirait et si, pour se garantir des manœuvres du Corse, il n'attirerait pas au contraire sur lui tous ses ressentiments. Il voyait, à l'angle de la glace, la photographie qu'il y avait fichée... Bambou, comme toujours, souriait et il ressentit une détresse affreuse.

– Garde-moi, gémissait la fille.

Il la prit dans ses bras, en silence, et tous deux s'étreignirent, mais la crainte les séparait.

– C'est la Vache qu'a planté Mina, murmurait la Caille...

– Oh! chéri!

– C'est la Vache.

Ils se serrèrent éperdument, épouvantés de leur faiblesse. Entre Pépé-la-Vache et M. Dominique, leur sort désormais était marqué. Ils n'y échapperaient point et tous deux prévoyaient le jour que le Destin voudrait choisir.

– Ah! Fernande, ma petite, viens contre, contre moi!

Et, comme elle sanglotait, le front posé sur son épaule, il la consola. Leurs premières caresses furent mêlées de larmes.

VII

La mort de Mina ne surprit personne à l'apéritif du Moulin-Rouge. De petits marlous la citaient en exemple aux femmes qu'ils faisaient danser. Sans corset, les cheveux coupés sur la nuque, des gosselines entouraient François l'Espagnol, parce qu'on le disait informé. Mais il ne voulait pas répondre. Il buvait son absinthe et fumait.

– Pour moi, déclarait Simone, sûrement qu'elle avait un type.

– Penses-tu!

– Mina?

– C'est une vengeance.

– Et comment que c'est signé, alors, affirma le môme Coco.

Les cuivres étalaient leur puissance... Un glissement montait, continu, du parquet où les danseurs se coudoyaient.

– C'est signé qui?

– François veut pas parler.

– François?... il n'en sait rien, ballot!

– Ou bien qu'il en serait?

– T'es pas piquée?

Incrédule, Simone souriait.

– Tu vois, François, commença-t-elle : j'en mettrais pas la main au feu.

– Cause, ma fille, répondit le buveur et, s'enveloppant de fumée, lentement :

– Si ça ne fait pas suer...

– Allons, mesdames, ordonnait le gérant.

Elles se dispersèrent.

Aucune ne plaignait Mina. Elles admiraient

cependant qu'autour de sa mort un si grand mystère persistât, car il prolongeait une attitude qu'elles enviaient secrètement. Pour elles – que la maladie ou l'usage de l'éther suffisait à éteindre – une fin semblable les eût séduites. Blanche, la morphinomane, riait sans comprendre et Suzanne, machinale, lui donnait le bras... Et l'une, toute à son hébétude, l'autre, à ses ennuis, tournaient dans le promenoir et ne reconnaissaient personne.

Olga, Titine, Gueule d'Amour, près du bar, discutaient. Ils observaient que Mina *s'en allait* quelques semaines après la capture de Bambou, et Titine donnait son avis.

– Mais la Caille... lui faisait remarquer Olga... crois-tu qu'il dure avec Fernande?...

– Ça m'épaterait... Tu vois, expliquait Titine... le Corse...

Il resta court. La Caille lui frappait sur l'épaule.

– Ma belle! s'exclama-t-il pourtant.

– Mince! ajoutait Olga, t'as le sang, toi!

– Rapport? demandait la Caille.

Il leur parut très crâne.

– Olga, tu l'dis, j'ai le sang, fit-il, prenant enfin quelque assurance... Mais t'as pas vu la Vache?

– Pourquoi?

– Pour rien,

– Non, j'l'ai pas vu.

La Caille s'assit et regarda danser les couples.

C'était comme tous les soirs, dans les lumières et le tumulte, la même animation. Des filles criaient et se bousculaient. D'autres, le sac battant la jambe, penchées et lasses, perdaient leur temps, et des rôdeuses riaient au bras des souteneurs.

La poussière, la fumée composaient un brouillard léger qui pochait les lumières et, sur la foule, les guirlandes de drapeaux et de fleurs retombaient gracieusement.

La Caille ne parlait pas. Il ne pensait à rien. Une rumeur l'entourait qui le baignait d'une langueur délicieuse et il oubliait le Corse, Fernande, la Vache et Mina... Ce soir, l'habitude le reprenant, il attendait la fin du bal pour aller, avec Titine et ses amis, faire le tour des cafés environnants, flâner, bavarder et dîner rue Fontaine.

Mais l'illusion durait peu. Le nom de Mina, prononcé à une table voisine de la sienne, lui faisait dresser l'oreille.

Deux inconnues commentaient le drame.

Alors, tout le lui rappela. Gueule d'Amour, qui partait, lui serrait la main. Il revit, dans le petit matin pluvieux, les baraques de toile, le peloton d'agents cyclistes, les témoins, le cocher... Il imagina la victime souillée de boue et de sang et Fernande, avec sa pâleur, ses sanglots, ses caresses, lui apparut soudainement.

Il l'avait laissée à l'hôtel. Risquant le tout pour

le tout, il était allé aux renseignements. Or rien, jusqu'à présent, ne pouvait sembler anormal. La Vache, qu'il demandait négligemment dans les bars, n'avait pas paru depuis hier. Seuls, les Marseillais, qu'il rencontrait, le dévisagèrent curieusement et lui donnèrent de la méfiance... Mais, quoi! les Marseillais, rue Lepic, ne s'occupaient jamais des affaires des autres.

Six heures sonnaient. Il fouillait encore les zincs de la rue des Abbesses, ceux, plus écartés, des rues Ravignan et Germain-Pilon; enfin, déconcerté, son inquiétude le rabattait sur le Moulin où, pas plus qu'ailleurs, Pépé-la-Vache n'avait donné signe de vie.

Un autre s'en serait peut-être félicité, mais il avait l'esprit trop prévenu pour ne pas s'alarmer de tout. Il ne pensait point que, rencontrant Pépé-la-Vache, il n'aurait pas pu ne pas se trahir. Au contraire, il pensait que, ne le rencontrant nulle part, c'était lui, la Vache, qui se trahissait.

Alors, il éprouva la sensation de courir un danger immense, et l'imprudence qu'il venait de commettre, en cherchant Pépé-la-Vache à travers Montmartre, l'épouvanta.

Les couples tournaient toujours dans le gros tapage de l'orchestre. Il salua Titine, Olga, puis s'en alla, très vite, à pas précipités, par le long vestibule tout retentissant de la sonorité des cuivres, des appels et des rires.

A l'hôtel, il déclara :

– J'ai rien vu... probable que l'frère se cache.

Fernande eut un regard étrange. Il la questionna, mais elle ne répondit pas et lui tendit un journal du soir en l'engageant à lire.

Il lut :

« La nuit dernière, au 9 de la rue Benjamin-Godard, un audacieux souteneur, bien connu à Montmartre sous le sobriquet du Corse, le nommé Dominique Compecchi, a été appréhendé par les agents de la 5e brigade au moment où il cambriolait un appartement. Cet appartement, dont les maîtres étaient absents pour quelques jours, avait été laissé par eux à la garde de leur bonne Maria Tibieux. La malheureuse fille... »

Ainsi, la manœuvre de Pépé-la-Vache s'affirmait nettement. La Caille n'en croyait pas ses yeux. Il allait se réjouir. Fernande, toute pâle, se jetait dans ses bras et lui baisait la bouche.

– Où vas-tu donc? demanda-t-il, comme elle voulait partir.

– Chez l'quart, répondit Fernande.

Et, résolue :

– J'vas donner la Vache. Tu comprends... Y aurait pas d'bon Dieu autrement.

DEUXIÈME PARTIE

I

Le soleil luisait dans la chambre où la pendule marquait trois heures. Au-dessus de la ligne fourmillante des toits, le ciel apparaissait et rien n'était beau comme ce ciel dont la limpidité touchait les ardoises brillantes, les tuiles feutrées et brunes, les blanches façades et, dans leurs cages suspendues sur le vide des cours, les canaris sautillants et chanteurs.

La Caille ouvrit les yeux. Tournée contre le mur, Fernande dormait encore : il ne la réveilla pas; il bâilla, s'étira lentement, regarda l'heure et ne bougea plus.

On marchait à côté. Quelque part, dans une chambre voisine, un réveille-matin sonna brusquement... Les bruits du dehors se fondaient dans une rumeur ensoleillée, persistante et vague, qui s'élevait parfois, et parfois s'apaisait...

L'hôtel de la rue Pigalle, où logeaient à présent

Fernande et la Caille, connaissait, à défaut de nuits, de longues journées silencieuses. Des danseuses de music-hall, des figurantes, avec leurs petits amis, qui l'habitaient au mois ou à la semaine, et de rares étrangers et provinciaux ébaudis en composaient l'ordinaire clientèle.

La Caille, couché près de Fernande, s'abandonnait. Il oubliait qu'elle s'éveillerait bientôt et le ravirait à son indolence. Pour lui, l'étroite bande lumineuse et bleue qu'il contemplait, coupée dans la fenêtre par la perspective des toitures, n'annonçait pas seulement le printemps; elle dispensait une joie légère dont il se trouvait singulièrement envahi.

Certes, du printemps, de la fraîcheur de l'ombre, de la douceur du soleil, des premières brises, des premières feuilles pâles aux marronniers, du muguet des petites ouvrières et du sourire des passants, il convoitait la griserie prochaine. On était en mars. Avril mettrait dans tous les cœurs une frissonnante allégresse. Avril offrirait ses matinées heureuses, ses crépuscules baignés d'azur, les langueurs et les plaisirs de ses nuits.

Mais il ferma les yeux pour que s'affirmât davantage la vision que lui imposaient ses souvenirs. Bambou souriait. Ah! ses yeux clairs, sa bouche, son corps flexible!... C'était, par des journées semblables à celle-ci, les longues flâneries dans la chambre... une cigarette... puis, sur le boulevard de Clichy, aux petites tables des cafés, une rencontre... l'échange d'un coup d'œil et le hasard qui conduit tout. Personne n'avait de chance comme Bambou. Il marchait, lentement, le torse bien pris dans un chandail, et sa casquette, posée en arrière de la tête, découvrait une raie superbe faite au milieu. La Caille l'accompagnait. On les regardait passer et les débutantes interdites les suivaient du regard.

Plus discrets, les amis échangeaient avec le couple un salut rapide et poursuivaient leur route. Le soir tombait. Le boulevard se peuplait d'une foule d'incertains promeneurs. Une brune épaisse, la Marseillaise, dirigeait le manège de deux petits apprentis blêmes dont elle empochait la recette. Mineurs tous les deux, Pompon-la-Fille et Lolotte trottaient gentiment devant elle. On l'entendait dire :

« J'ai deux beaux gosses, monsieur... » Ailleurs, Gueule d'Amour affectait par son dandinement une allure très significative que Titine copiait. La Rembourrée fumait un cigare. Celui-ci chaloupait. Cet autre, au feutre beige, hantait les urinoirs; et d'inquiétantes silhouettes, dans l'ombre bleue, les lumières, le grouillement, se perdaient pour réapparaître et se dérober encore, au milieu du raccroc obstiné des femmes.

*

* *

La Caille évoquait l'atmosphère empestée de la Gaîté-Rochechouart où, pour la première fois, il avait vu Bambou exécuter la voltige au trapèze. Un athlète ensuite le lançait en l'air, le recevait sur ses biceps, lui faisait faire trois grands sauts périlleux, avant de l'empoigner par un anneau de sa ceinture et le présenter – vivant soleil – aux applaudissements du public. Il avait suffi d'un regard à la Caille pour découvrir, chez l'acrobate, un personnage dont la souplesse n'était rien moins qu'équivoque. Mais, que de temps passé!

La Caille fréquentait alors les bistros aux phonographes puissants du boulevard Barbès, les ateliers de la Butte et, quelquefois, l'imprimerie poussiéreuse de M. Duboisse, qui l'employait à de menues besognes.

Un souvenir appelant l'autre, il entendit les filles amoureuses de ses dix-sept ans l'inviter d'un : « Bonsoir, ma gueule! » et lui offrir à boire. Il buvait et les indignait par les théories qu'il affectait de professer sur l'amour.

– Tu ne voudrais pas, répondait-il, si quelqu'une lui reprochait de n'avoir pas de femme.

– De quoi?

– Mais... rien...

– Ah! constatait la fille avec déception.

Elle se laissait pourtant emprunter vingt sous, quand il voulait s'en donner la peine. La Renée surtout, lui en avait-elle « lâché du pognon » devant ses mines gênées et malheureuses!

Il pensa qu'elle devait encore traîner sous la longue et funèbre galerie du métro, boulevard de la Chapelle, où jadis il la rencontrait. Il y avait deux ans de cela. Déjà! deux longues années...

Mais, certain soir, Bambou perdait l'équilibre et s'aplatissait sur la scène en plein exercice volant. On l'emportait pour mort à Lariboisière : il s'était brisé les deux jambes.

La Caille ne se rappelait jamais cette minute tragique sans éprouver à nouveau l'horrible frayeur qu'elle lui avait causée. Aujourd'hui, sa rêverie lui faisait un tableau riant de ses visites à l'hôpital.

– Ah! aha... Ahhh! fit en bâillant Fernande, qui s'éveillait.

– Eh! gosse, demanda-t-elle confusément, tu dors?... et, comme il se gardait de répondre, elle se blottit contre lui.

Cet hôpital – continua la Caille en feignant de dormir – qu'il était triste et grand! L'athlète accompagnait le visiteur, le présentait, et Bambou l'accueillait avec un pauvre petit signe de la tête. Il revenait. Gêné dans son costume de ville, l'athlète s'adossait au mur. Il ne bougeait pas. Il soupirait et quelquefois se lamentait. Alors Bambou regardait la Caille et la Caille le comprenait.

Pour lui apporter des oranges, des dattes, des pommes et de petits bouquets de violettes, il se fit dès lors payer par des filles qui l'emmenaient coucher avec elles. Il leur racontait comment Bambou s'était cassé les jambes. Il les apitoyait sur son malheur. Quelques-unes se souvenaient de l'accident. D'autres répondaient, un peu lasses, mais amoureuses : « Viens vite... ah! déshabille-toi! »

Or Adrien, le souteneur à la Pauline, accostait un soir la Caille sur le boulevard Barbès et lui disait :

– Monsieur, je l'sais, dégrène les mômes. Crâne pas. J'veux pas d'histoire. Faudra voir, pourtant, à n'pas r'biffer, si t'as compris...

Le ton sur lequel ces paroles étaient prononcées leur prêtait, sans doute, quelque vertu secrète. La Caille changeait de quartier. Du Barbès, il passait au Rochechouart, abandonnait la Butte et ne mettait jamais plus les pieds chez M. Duboisse, l'imprimeur, bien que ce dernier cherchât encore à l'employer de temps en temps.

Aussitôt, tout alla parfaitement. Des inconnus dont il soupçonnait le manège se promenaient patiemment ou stationnaient à l'angle de certaines rues et du boulevard. Des filles rôdaient. Les bars, mal éclairés, grouillaient d'une espèce disparate et c'est dans un de ces bars que, la première nuit, pénétrait la Caille accompagné d'un vieillard sémillant.

– Ne vous ai-je pas rencontré quelquefois, jeune homme, derrière la Bourse? demandait-il en s'installant.

Il commandait des bocks.

A d'autres tables, des couples mystérieux s'entretenaient à voix basse.

– Non, répondit la Caille... derrière la Bourse?

– Ou, peut-être, quai de l'Horloge?

– Non plus... Et il sourit.

L'autre ne souriait pas. Il y avait, dans son regard, un point brillant dont la fixité gênait à la longue.

– Enfin... moi, je n'sais pas, déclarait l'adolescent candide... Je m'appelle la Caille, et vous?

– La Caille? c'est un surnom, j'imagine...

– Oui.

– Tiens!

Au bout d'un moment, le vieillard reprit :

– Comme ça, monsieur la Caille, vous vous promenez?

– Je me promène et vous me rencontrez, vous me suivez, vous me...

– Et je ne vous reconnais pas... c'est curieux.

Le vieillard réglait les consommations et,

dehors, prenant la Caille par le bras, il lui demandait de l'accompagner.

– Mais comment dois-je vous appeler? faisait innocemment l'ami de Bambou.

Un fiacre s'arrêtait, recevait le couple, et tandis qu'il repartait au petit trot, le vieillard, penché sur son compagnon, ne se contenait plus.

– Je me nomme M. Pacifique, mais appelle-moi... lui disait-il... appelle-moi...

Et le bruit des roues couvrait le mot.

Derrière les toitures subitement assombries, le soleil disparut. Il pouvait être quatre heures. Le ciel adorablement clair brillait toujours, mais une brume délicate et légère l'emplissait déjà.

La Caille se tourna du côté de Fernande qui, pressée contre lui, le caressait doucement d'une main après l'autre et, patiente, attendait qu'il s'éveillât.

II

Cette aventure ne le surprit aucunement, car, s'il n'avait encore pris garde aux compliments que lui attirait de la part d'inconnus son indéfinissable tournure, la Caille pouvait donner le change aux plus exercés. Il avouait, d'ailleurs par crânerie, des mœurs dissolues au point que les habitués du boulevard Barbès s'en affligeaient et que *la* Jeanne Montillet, une mince raccrocheuse surnommée l'Arpette, faisant tout son possible pour certifier qu'il « n'en était pas », trouvait chacune prévenue contre elle.

– Vise-le, disait l'une.

– Une vraie coquine, renchérissait l'autre.

– Non.

On la traitait de « gourde ». Elle répondait :

– Enfin, je l'sais peut-être mieux que vous, bon sang : Demandez-lui du temps qu'il habitait rue du Poteau, le 47, et moi aussi. Ah! mince, ma mère était concierge et son père tailleur en chambre... alors, que je le sais! Tu l'aurais vu courir les gosselines du quartier et il revenait, les yeux pochés, comme ça, une binette blanche, un air... ah! là! là!...

– Ça veut rien dire, soupirait Berthe la noceuse, qui s'endormait de fatigue sur le trottoir.

– Ça veut rien dire?

– A preuve. L'homme à la grosse Irma, il fait le truc... oui, madame, à la gare de l'Est!

– Si c'est pas malheureux tout de même!

– Que veux-tu?... L'en faut, pisqu'on en demande.

– Mais la grosse Irma?...

– Irma s'en fout.

– A sa place... moi...

Et la Jeanne se taisait.

Berthe reprit :

– T'as du retard, l'Arpette. S'il faudrait s'épater sur l'article, t'en finirais pas. A l'heure d'aujourd'hui, les hommes font le « biseness » et, finguée ou pas, la concurrence se débrouille. Tout le Rochechouart est pourri de truqueurs et même...

– J'vas vous aider, les mômes... interrompait la Beigne, qui surveillait le travail.

Elles se séparaient.

L'Arpette n'avait pas tort. Selon son énergique expression, la Caille « n'en était pas ». Il entretenait à plaisir, sur son compte, une détestable réputation, car, de bonne heure, il avait compris qu'il obtiendrait des filles assez d'argent pour vivre sans travailler, à condition toutefois de se faire désirer et de s'aider du scandale. Il posait dans les ateliers et touchait trois francs par séance. Ce métier l'éreintait. Il flâna dans les bars où les filles s'acoquinent entre deux passes. Il était beau. Sa pâleur les enchantait. Elles le comparaient, dans leur esprit, au dernier client qui les avait payées. Il n'avait alors qu'un signe à faire, et il le faisait, assuré de ne rien perdre de son prestige sur celle qu'il savait choisir.

Elle ne s'en vantait pas ensuite, mais, pensant aux caresses qu'il lui avait données, elle rendait hommage à ses talents. Des cent sous qu'il empruntait, la fille n'avait cure : il ne les rendait pas.

Il y eut des jours où, sur le Rochechouart, Jésus-la-Caille regretta de semblables amours. Celles dont il retirait maintenant un louis l'écœuraient. M. Pacifique, payant l'hôtel, venait deux fois par semaine et l'horreur qu'il inspirait ne lui échappait pas. Il s'en désolait, ensuite : « Ah! soupirait-il, sans s'attirer que du mépris, tu ne sais pas... Tu aurais pitié! » Mais la Caille se regardait dans la glace et s'effrayait du cerne profond de ses beaux yeux.

Il maigrit légèrement. Ses traits s'affinèrent. Il traversait une crise et tout ce qu'il découvrait en lui de désirs vagues et inassouvis l'emplissait de langueur. Dans les bars, il s'approchait des filles, mais, entre eux, s'élevait aussitôt l'équivoque attrait de son vice et il se sentait seul et il souffrait de ne pas comprendre ce qu'il aurait voulu.

Ses visites à Lariboisière l'exaltaient dans ce désordre et le décourageaient. Il aimait Bambou. Peut-être aurait-il aimé du même élan crispé la môme Lucie ou la môme Léa, qui lui faisaient des avances, s'il avait pensé qu'elles fussent assez averties du besoin de tendresse qui le poussait à désirer la plus ingénue des deux...

Ce besoin se faisait, quelquefois, si pressant chez lui qu'il l'empêchait de sortir. Il restait couché; il comptait, en fumant des cigarettes, les jours qui le séparaient encore de la sortie de l'hôpital de son petit ami et son tourment le pénétrait d'une aiguë et frissonnante détresse. Ensuite, il ne prévoyait rien : il attendait le bonheur.

La Caille, cependant, ne se faisait pas d'illusions et sa lâcheté lui paraissait enfin si méprisable qu'il s'observait sévèrement dans son miroir avant de descendre. Ces soirs-là, il s'apercevait aussi qu'il n'avait pas d'argent et il se rendait dans une brasserie de la place Blanche, avec une volonté paisible.

Les amis qu'il s'y était faits l'accueillaient. Gueule d'Amour donnait des conseils. Rose et crâneur, Olga racontait des histoires, cependant que Titine, aux yeux meurtris, à l'indolence fourbue, levait sur la clientèle intriguée un regard de vierge... Ces « dames » (comme le déclaraient les filles de l'endroit) bavardaient. Puis, l'heure avançant, c'était le départ d'Olga pour *son* bain de vapeur, séance de nuit. Titine séduisait un gaillard et la Caille écoutait volontiers l'invite que lui faisait présenter, par le chasseur, le premier amateur sérieux.

Les lendemains étaient saumâtres. Il n'avait aucun plaisir dans la compagnie de ses camarades. Il se trouvait seul et il soupirait après une amitié que l'éloignement de Bambou rendait incomplète. Aussi, pour dissimuler son malaise, suivit-il, certain après-midi, Titine qui se rendait chez Bousse.

La boîte avait du caractère. Dans le bar étroit du premier étage, de très singuliers amateurs d'art admiraient des épreuves photographiques.

Bousse en possédait de curieuses séries et, de la sorte, il sauvait, en plein Montmartre, une façade mille fois et mal replâtrée. Le bar conduisait au salon. Le salon donnait sur le hall. Divers petits ateliers fort bien aménagés recevaient des connaisseurs qui pouvaient demander la reconstitution du sujet qu'ils avaient choisi. L'Art, à ce prix, n'y perdait rien, car Bousse poussait le scrupule jusqu'à ne pas mécontenter sa clientèle dans l'admiration qu'elle manifestait souvent pour les chefs-d'œuvre de la statuaire antique. Celui-ci demandait les Trois Grâces et il s'enfermait avec elles, encore que la composition de l'ensemble fût posée par des modèles d'un sexe différent de celui de l'original. Mais là, justement, se montrait l'ingéniosité de Bousse : elle équivalait à une fortune.

Dès le premier jour, la Vénus de Médicis assura la réputation de Jésus-la-Caille. Il y apportait des épaules de tout premier ordre, du naturel et, en rien de temps, il devint célèbre, sa répugnance à changer la pose et jusqu'à son mépris, son caprice ou sa complaisance, n'étant aussi habilement simulés par aucun.

Mais il sortait excédé de chez Bousse, et dans les

bars instinctivement s'écartait des femmes. Il les méprisait. Il se méprisait également. Il ne regardait rien ni personne. Les hommes lui jetaient un coup d'œil. Il passait et ne se retournait pas. Quelquefois un inconnu lui disait bonjour; il souriait et il était triste. Sa tristesse intéressait des flâneurs.

Un trouble naissait en lui maintenant. La beauté physique de certains buveurs dans les bars l'émouvait et il surprenait un grand mystère. Son inquiétude tomba. Elle fit place à une sorte de curiosité malsaine qui, chaque jour, lui prêtait une attitude nouvelle et le laissait tout frémissant. Les faiblesses de Titine pour François l'Espagnol, dont la splendeur était d'un dieu, il finit par les comprendre, mais il s'affolait encore à l'idée de découvrir, accoudé lourdement au zinc, l'affranchi superbe qui le dominerait.

Bambou sortait huit jours plus tard, de l'hôpital. Alors, la Caille apprit tout ce qu'il ignorait et si l'amitié peut avoir une mesure. Celle dont il entoura son compagnon n'en avait pas. Elle l'emplissait du perpétuel besoin de se dévouer. Elle se manifestait à tout instant, et Bambou, logé, nourri, vêtu, se remettait lentement de sa longue claustration en s'attardant volontiers dans un petit débit où fric-fracs et chiqueurs des deux boulevards battaient les cartes et remuaient les dominos.

III

– A quoi que tu penses? demanda soudain Fernande.

Dans la chambre, envahie par l'ombre, une glace reflétait encore la lumière.

La Caille ne répondit pas.

– A quoi?

– Rien d'épatant, dit-il, la flemme.

Il bâilla d'engourdissement, tandis qu'un brusque élan la faisait délirer.

– T'es bath, la Caille. Ta peau, c'est du satin. J'suis folle! Ta peau me brûle et tes mirettes... Oh! tes mirettes!...

Il écoutait, distrait, l'hommage qu'on lui rendait.

– Ma petite gueule! mon Jésus! ma gosseline! soupirait Fernande.

Et l'étreignant, elle ajouta :

– Qu'est-ce que tu m'as jeté pour que je soye à toi, dis, à en crever, comme j'en crève, mon amour?... Donne-moi tes châsses, que je les boive. C'est bon. A m'chatouillent... Tu rigoles... J'te vas bouffer, petite lope... rigole pas, ou j'te mords.

Et, comme il se détournait d'elle :

– Non, môme, donne-moi ta gueule, implorait la fille, je veux pas te mordre, mais ta gueule, donne-la-moi, donne...

Elle l'embrassa, penchée tout entière en avant, et

comme il ne répondait pas à son désir, s'abattit sur lui. D'une main sous l'épaule, elle le pressait étroitement et, de l'autre, lui renversait le front pour qu'il ne bougeât point. Il étouffait sous cette violence. Son corps, qu'elle couvrait du sien, avait par instants des sursauts et Fernande s'acharnait davantage. Elle tenait sous sa bouche la bouche de l'adolescent et, à bout de souffle, avançait quand même ses lèvres et tout son visage passionné. Ils se regardèrent. Elle relâcha, doucement, son étreinte et, prenant à deux bras la Caille sous les épaules, se cambra. Sa poitrine s'écrasait contre la gorge de son amant. Il en éprouvait une singulière caresse. L'expression de ses yeux changea.

Dans la glace, maintenant, la lumière achevait de mourir. L'ombre augmentait. Ils se voyaient à peine, mais la fille, au lent frémissement et aux premiers baisers de celui dont elle était friande, sentait la parcourir une exaspérante ardeur. Elle soupirait, elle riait et criait de plaisir. Elle se ployait, elle se relevait, elle se frottait chaude et crispée au corps brûlant de celui que sa voix rauque appelait en gémissant.

Lui l'entourait de ses bras blancs et leurs jambes étroitement serrées se lièrent dans une furieuse folie. Sa bouche chercha la sienne. Elles se trouvèrent, se mêlèrent et ce baiser les exténua d'une poignante lassitude.

– Ah! supplia Fernande.

Elle se donnait; plus grande que lui, d'un mouvement elle se laissait glisser. Il la pénétra.

*

* *

Or, plus que l'amour peut-être, Fernande adorait la fatigue qui succède à l'amour, tandis qu'étendue dans le lit défait elle éprouvait pour la Caille une tendresse nouvelle. Il allumait une cigarette et, voluptueusement allongé sous le drap, se taisait. Elle regardait monter au plafond la fumée qu'il soufflait avec lenteur, et son bonheur était fait de légèreté, de douceur et d'éreintement. C'était un bonheur fragile, tout neuf, une délicate merveille, et jamais elle ne s'abandonnait plus complètement à lui qu'au moment même où elle le constatait. Le temps n'existait plus. Enfin, tout s'éloignait... tout... jusqu'à cette rumeur de la ville immense que surprenait tragiquement la nuit et qu'encombrait l'affolé grouillement de la rue, des trottoirs, et des cafés étincelants.

Et quel calme! Au ciel enflammé par les lumières, le feu très pur d'une étoile se levait et tremblait. Il n'y avait pas un nuage... Une chaise, qu'on bougeait, faisait du bruit. Dans le corridor, une conversation mystérieuse s'éloignait, puis on ouvrait, on fermait une porte...

– Ah! dis, quelle heure qu'il est? interrogeait Fernande.

La Caille se glissait hors du lit, allumait la lampe.

Il était huit heures.

*
* *

Leur vie, depuis déjà quatre mois, se partageait entre le plaisir et l'oisiveté de pareilles journées et les longues corvées de la nuit. La fille travaillait seule. Jalouse, jusqu'à se battre avec quiconque aurait semblé vouloir lui disputer la Caille, elle se donnait du mal pour qu'il ne se privât de rien. Sur sa beauté frêle, elle reportait tout un amour dont personne chez elle n'avait soupçonné la violence et, vraiment, elle-même parfois ne reconnaissait plus cette livide obstinée, qui, dans la glace, venait à sa rencontre et se déshabillait après avoir ôté de son bas l'argent que, pièce à pièce, elle y avait enfoui.

C'était elle, pourtant, la Fernande... On la trouvait dans les bars de la place et de la rue Pigalle. Jusqu'au petit matin, elle assistait des buveurs mornes qui la payaient et la conduisaient ensuite à l'hôtel... Elle rentrait horriblement lasse. La

Caille dormait. Elle se couchait, mais bien souvent elle sanglotait, le cœur gonflé d'une misérable souffrance, les yeux brûlés par la lumière du jour qui rayonnait dans la chambre, et désespérée de ne plus assez croire au pauvre amour qui emplissait et déchirait sa vie...

Car – et c'était en dépit de toute son énergie – Fernande ne pouvait quelquefois lutter contre l'indifférence mal déguisée de Jésus-la-Caille. Il ne l'aimait pas. S'il l'avait prise, elle devinait par quel calcul et se rendait parfaitement compte des basses menées, des sourires, des mines ambiguës et de la lâcheté dont il l'entourait. Ah! comment, dès le premier soir, ne l'avait-elle pas écarté et comment, après tant de jours, pouvait-elle endurer encore qu'il l'entretînt dans cette grossière illusion? Mais la fille se demandait aussitôt si, le perdant, elle ne perdrait pas tout. Il était le plus fort. Il la tenait. Pouvait-elle imaginer qu'un jour elle se détacherait du moindre de ses caprices, et qu'il cesserait complètement de la faire souffrir? Hélas! elle savait bien qu'une femme adore toujours celui qui la domine... Il y avait au Moulin-Rouge des amies qui vivaient ensemble. Elles n'étaient pas heureuses. Il y avait des couples étranges qui riaient pour des niaiseries. Ils n'étaient pas heureux... Cela se voyait à l'air soucieux que prenaient leurs visages, par moments. Leurs regards le disaient aux gens qui passaient et qui enviaient leur gaieté factice. Et ceux qui s'accoudent au bar, ceux qui fument et baissent les yeux, ceux qui boivent pour s'étourdir, ceux qui suivent une femme dans le promenoir, ceux qui marchent toute la nuit à travers les rues? Ils n'étaient pas heureux non plus... Fernande en avait connu qui, dans la chambre où ils se trouvaient ensemble, parlaient de choses mystérieuses et ridicules, ou qui se taisaient, qui la payaient, la regardaient... Sous leurs allures, perçait toujours la même angoisse. Personne n'en était affranchi. Les petites traînées du boulevard cherchaient à noyer leur tristesse dans l'éther. Elles n'avaient pas la force de recommencer, chaque jour, une existence inutile, et les morphinomanes, les opiomanes, chacune avec son vice et ses chagrins, affirmaient leur mépris, toutes les nuits plus amer, du lendemain.

Dans cet enfer bigarré de Montmartre, où les nègres viveurs et dédaigneux, les souteneurs, les pisteurs, les camelots, les bohèmes, les gigolos et les filles se croisent, se heurtent, se décrient et se mêlent, Fernande donc se trouvait seule et, ne sachant à qui se confier, sentait l'envahir un cruel désenchantement.

IV

Cependant, avril bourgeonnait aux marronniers des squares et fleurissait le cœur léger des gamines de seize ans. Les chanteurs des carrefours, entre deux ondées parfumées, entonnaient des romances sur un air langoureux que le public reprenait timidement pour le siffloter et le chantonner ensuite en se dispersant. Toutes les rues étaient pleines de refrains; et le soir, vers neuf heures, quand il faisait beau, l'éternelle idylle recherchait l'ombre propice des ruelles de la Butte et les cabarets enfumés où, sous la lampe, discutent sans cesse des poètes désolés.

C'était aussi, trois fois par semaine, les danses ardentes et chaloupées du Moulin de la Galette, où fréquentent indistinctement trottins et gigolettes, calicots valseurs, barbillons, rapins et curieux. Régulièrement, Fernande et la Caille montaient au vieux Moulin et, dans la salle immense qui retentissait de musique et de cris, tournaient lentement aux bras l'un de l'autre. Ils ne se quittaient guère que si Fernande attirait l'attention d'un flâneur avouable. La raison l'exigeant alors, la Caille rejoignait ses amis.

Ils buvaient, à gauche, dans un coin du jardin que la lumière électrique n'incendiait pas de sa clarté trop vive. Olga, Titine et ses béguins, la

Rembourrée, Gueule d'Amour s'y rencontraient. On fêtait le gigolo de Fernande; Titine le félicitait avec des sous-entendus railleurs de s'être « retiré de la circulation ». Gueule d'Amour amenait une pauvre petite coureuse de bastringue, la Julie, par qui il se laissait adorer. Il lui permettait de danser avec les « copines » qu'elle avait dans le bal, et ne se gênait point devant elle pour afficher ses manières, ses petits rires et son impudence. On s'amusait. Il faisait bon. Vers onze heures, la « société » se retirait volontiers dans un des étroits débits des rues qui descendent jusqu'au boulevard de Clichy.

Ces soirées rappelaient à la Caille l'époque la plus insouciante de sa vie. S'il n'allait pas jusqu'à reprendre ses habitudes, c'est que, sans Bambou qui se morfondait, à la Santé, dans sa cellule, il ne se sentait aucun zèle pour rien. Fernande l'entretenait et se montrait jalouse. Il ne la trompait pas.

– J'ai mon blot, disait-il aux copains assis à sa table. Quoi de plus?

– Hé! lui répondaient-ils, méfie-toi, ça casse toujours avec une gonzesse.

Mais la Caille déclarait :

– J'la tiens, puisque, depuis quatre mois qu'on est ensemble, j'lai pas encore cognée une seule fois.

Il éprouvait pour Fernande du dédain et quelquefois un sentiment fait d'indolence et de pitié. Il pensait l'aimer alors : c'était beaucoup... Peut-être avait-il honte, devant Titine, de se défendre. Il préférait plutôt se montrer assez solide pour entretenir une liaison de façade avec une femme.

Titine n'était pas dupe de cette pudeur déguisée. Il jugeait la Caille indécis et menteur comme les autres et il attendait le jour où le gigolo reviendrait de lui-même à ses anciennes habitudes.

– Oh! constatait négligemment Gueule d'Amour, une femme, tu la bats. Tu lui fous l'habitude. Après, mon p'tit, c'est un travail!

– Feignant!

– Non. Mais, ripostait-il, je m'tiens peinard. N'est-ce pas, la gosse?...

– Nous deux, on s'aime!...

Et Julie obtenait une caresse.

Dehors, la nuit éventait des odeurs sucrées de sève et de jeunes feuillages. Sur le ciel étincelant, les maisons noires se silhouettaient. Les bars allumaient leurs carreaux et, paresseusement, le groupe, tout en se dandinant, devisait du peu de certitude qu'il convient de fonder sur un cœur de femme.

Pourtant, jusqu'à ce jour, Fernande aurait mérité de faire exception. Son amour pour la Caille ne s'était pas ralenti, mais il ignorait les violences du début. Bientôt, la fille se relâcha. Soupçonneuse et découragée, il lui arrivait de passer plusieurs nuits de suite *au travers* et son humeur s'en ressentait.

Le printemps aussi agissait sur elle. Il l'affolait d'un immense besoin de tendresse et la détraquait secrètement.

Rue Lepic, elle s'attardait au *National* et prenait un mauvais plaisir à provoquer par sa présence le mépris du Lucre, d'Albert le Tondu, de la Bataille et de Flicot, devant le tribunal desquels elle était irrémédiablement déchue. Ils ne la ménageaient pas. Ils parlaient du Corse à la table voisine et leurs regards l'insultaient.

– D'où viens-tu? demandait la Caille, lorsqu'elle rentrait au petit jour.

Elle répondit une fois :

– Non. Laisse... fous-moi la paix.

Il la prit contre lui.

– T'as du chagrin, Fernande?

Et doucement il la cajola, car ces manières nouvelles l'inquiétaient.

Elle faisait : Non, de la tête... non!

– Si, je le vois bien. Tu as quelque chose. Raconte. Tu veux pas? Tu m'aimes donc plus, ma pauvre petite môme?

Elle se mettait à pleurer.

Qu'est-ce qu'elle avait? Elle se perdait dans des réflexions absurdes ou, brusquement, passait du mutisme le plus éloquent à la joie la plus expansive et la Caille surprenait dans ses habitudes un revirement complet. Certains jours, Fernande, que les romances de la rue ne manquaient jamais d'attendrir, affectait une froideur compliquée.

– On verra plus la Julie, annonçait-elle, par exemple.

– A cause?

– De rien. Gueule d'Amour vient de la vendre et l'colis, à l'heure qu'il est, navigue pour l'Amérique. Aussi, cette idée de marcher dans les boniments d'Gueule d'Amour. Tu le vois... c'est encore plus marchand de viande que mômacque... Mais est-ce qu'on peut jamais savoir?

Et puis, c'était à brûle-pourpoint mille serments, des « la Caille, mon Jésus », « ma chérie », ma jolie », c'était des rires, c'était, dans le lit en désordre, des agaceries, des baisers, tandis que le ciel d'un bleu vivace étincelait derrière les vitres. L'azur exaltait la fille. Elle était prise d'un désir lascif de la campagne : « A Chaville, confiait-elle, c'est bath, mon gosselot : y a la forêt qu'a r'nifle les feuilles. T'en boufferais. On ira, hein? » Mais lui, que ces plaisirs n'attiraient que médiocrement, répondait en la caressant :

– Des fois, t'es pas piquée qu'on les mette si loin quand il y a la Galette et la Butte?

– Oh! toi...

Et elle se jugeait incomprise.

La force de Jésus-la-Caille avait été, jusqu'à présent, de ne jamais se départir de la plus noble indifférence.

Ses attentions gâtèrent tout.

– On ira, dit-il par complaisance.

– Non.

– Fernande?

– Y a pas d'Fernande. On n'ira pas. Voilà... si tu crois...

– J'crois rien. Tu t'emballes...

– Y en a marre, tu sais?...

Et elle lui reprocha son égoïsme. Elle travaillait, elle! Elle s'éreintait, elle! et pendant ce temps, monsieur... Au fait, que pouvait-il bien bricoler? Ah! il s'occupait vraiment d'être gentil pour sa femme. Il faisait sa « coquine » plutôt avec des copains « qu'elle aurait honte, seulement, de leur dire bonjour ».

Cette scène menaçant de s'éterniser, la Caille se levait en silence et, ficelé dans un kimono, ouvrait la fenêtre, s'accoudait... La fumée de sa cigarette montait sur le ciel bleu d'après-midi. Couchée, Fernande se lamentait.

– Tu veux que je turbine aussi, répondit-il enfin pour la réduire.

Et il se mit à rire en la considérant avec mépris.

Ce rire, encore qu'elle voulût paraître le dédaigner, la blessait profondément.

Elle dit, pour corriger la haine de son visage :

– T'as quelqu'un de bien?

Il était calme. Il la domina. La jalousie dont elle était sans cesse déchirée la faisait souffrir. Il n'en eut pas pitié.

– Faudrait pas croire, la môme, que j'ai remisé. Regarde voir. Si je veux, je boulonne et j'me tiens.

Elle essayait de ne pas croire à ses paroles. Elle n'y croyait pas. Elle éprouvait pourtant une peine atroce et, ne pouvant se contenir :

– Chiqueur! sale tante! eh! lope! éclata-t-elle en se renversant de rage sur l'oreiller.

Il la laissait d'habitude, après l'avoir ainsi misérablement vaincue. Ce jour-là, Fernande comprit qu'il ne s'en irait pas sans avoir exercé sur elle sa lâcheté la plus basse.

Il s'approcha du lit. Sa frange de cheveux blonds, sur les yeux, adoucissait un regard trop dur.

– Écoute, commença la Caille, ça peut pas durer.

Par la fenêtre ouverte arrivait d'un étage une chanson d'ouvrière et la voix de Jésus-la-Caille en parut plus âprement gouailleuse :

– J'ai quelqu'un de bien.

– Écoute.

Elle savait d'avance qu'il lui proposerait de rompre... La chanson s'élevait comme un flot lent et triste et déferlait contre son cœur, le crevait. Oh!

comme elle attendait la proposition qu'il allait lui faire :

– On va se quitter. Tu m'entends? T'es changée avec moi. J'sais pas si t'es chipée pour un autre, mais, sans boniment, ça se vaut. Alors, s'pas? – les gonzesses se dégrènent vite – j'aime autant me débiner et chercher une combine plus chouette... Tu m'entends? Fais pas la sourde : le prix est le même. C'est des séances tous les jours : c'est pas une vie. Avant, t'étais si bath, Fernande...

– Mais répondras-tu? demandait-il furieux de son silence.

– Oui.

– Oui? Alors j'vas me barrer et j'te connais plus; c'est fini.

– C'est fini. Laisse-moi.

– J'aurais jamais cru ça de toi, Fernande.

– Laisse-moi!...

– Si j'veux!... Moi, d'abord tout à l'heure quand je t'ai répondu : j'ai quelqu'un, j'ai crâné; j'ai personne. Ça va bien! Mais toi, si t'as quelqu'un, dis-le!

Il reprit :

– T'as quelqu'un. La preuve : tu peux pas le dire. Je m'en fous. Oh! là! là! Mais je pense que tu seras heureuse, tous les deux, et que tu lui lâcheras assez de pognon pour qu'il ne te largue pas.

Bassement, lâchement, il la torturait. Il mettait toute sa force mauvaise à lui faire mal, et il croyait ainsi la reconquérir.

*

* *

Elle l'avait aimé pour sa faiblesse et pour son apparente douceur. Elle l'aima pour sa lâcheté. Il savait la faire odieusement souffrir et quand, à bout de moyens, il en arrivait, maintenant à la battre, Fernande montrait une telle passivité qu'il s'acharnait à la rouer de coups. Elle ne se révoltait jamais. Il la quittait ensuite, car il l'aurait tuée. Sa violence l'effrayait. Il redoutait aussi de se laisser emporter par le plaisir de la battre. Plus que l'amour, l'habitude des coups est capable d'enchaîner deux êtres et la Caille voulait pouvoir rompre à son aise. Il se rappelait les propos de Titine et de Gueule d'Amour.

– Ça casse toujours avec une gonzesse...

Et il se trouvait amoindri devant ses propres yeux. Que deviendrait-il? Il était assez lâche pour penser quelquefois au Corse pendant qu'il battait Fernande. Alors il lui administrait des corrections terribles, car ce n'était plus elle qu'il pensait châtier, mais M. Dominique lui-même. Il se sentait maître de la situation. Il insultait le Corse en même temps que Fernande et il le faisait avec ce besoin de vengeance qu'ont toujours les faibles lorsqu'il leur est donné d'agir à l'abri du danger.

Fernande ne comprenait pas les raisons que Jésus-la-Caille avait de la traiter si durement. Elle baisait la main qui la frappait, et ressentait une joie mêlée de crainte à l'idée qu'on ne bat pas de la sorte une femme qui vous est indifférente. Ses larmes en devenaient moins amères.

Ainsi, la Caille aurait tenu Fernande en son pouvoir en la corrigeant régulièrement et avec une violence sans mesure; mais, à la longue, cela l'importuna... Il se savait en sécurité pour longtemps encore. A quoi bon s'acharner. Il estimait plus sage de laisser Fernande se fatiguer de lui. Il n'aurait pas ainsi à la disputer au Corse quand il sortirait de prison et la Caille, pour se reposer des coups qu'il avait donnés à sa femme, renoua certaines relations douteuses dans les bars. Il s'afficha. Sa renommée grandit et la fille qui en surprenait les échos se sentait devenir malade de jalousie. Il rentrait au petit jour. Elle ne lui donnait pas d'argent et il avait l'air de l'ignorer de plus en plus.

Cependant Fernande continuait de payer la chambre qu'ils occupaient à l'hôtel. Avril passait. Dans leurs charrettes, les marchandes de fleurs roulaient d'odorantes brassées de lilas, des bottes de muguet éblouissant, et les souteneurs de la rue

Lepic, un œillet rouge aux dents, poursuivaient comme à l'ordinaire leurs interminables parties de manille.

V

– Ben, vous voilà! s'étonna Gustave, le garçon du *National.*

– Oui, dit Pépé, qui s'adossait au bar.

Il regarda la salle, avec une négligence affectée. On le salua. Il y avait, dans son attitude, quelque chose d'indéfinissable et que, tout de suite, chacun remarqua.

– T'as maigri, constata la Bataille.

– Ah! vieux frère, tu la crèves dans ce couvent, répondit-il de sa voix rauque.

Son feutre rabattu sur les yeux, il brossa du geste qui lui était familier sa courte moustache noire et poursuivit :

– Toi, Flicot, tu en sais tout comme moi sur leur cuisine. T'y as bouffé, mais ça n'a rien à faire qu'on y retourne pour engraisser, pas vrai?

On l'approuvait. Flicot lâcha les cartes et demanda :

– Tu avais pris cinq mois, la Vache?

– Oui, cinq. Et le Corse dix-huit.

– C'est pourtant vrai, bon Dieu, le Corse... Ah! mince...

– J'ai fait trois ans à Fresnes, dit une innocente crapule qui exhiba ses tatouages.

La Vache commandait une absinthe. Ceux qui continuèrent la partie ne l'observaient plus, mais les autres le dévisageaient avec une telle insistance qu'il finit par déclarer :

– Dame, ça vous change un brin, pensez voir.

Ils cessèrent alors de l'examiner et se mirent à parler entre eux.

Pépé-la-Vache surprenait et décevait à la fois son public. Le complet défraîchi qu'il portait donnait à sa maigreur une expression qu'elle n'avait jamais eue. Il buvait doucement son absinthe et ses yeux marron brillaient d'un étrange éclat quand il sortit du *National* après avoir poliment salué les habitués d'un « Bonsoir les potes! à la revoyure », auquel ils répondirent sans cordialité.

Il descendit la rue Lepic. Des femmes le reconnaissaient et lui souriaient, et le soir tiède s'attardait dans une poussière lumineuse qui remontait au ciel. Pépé-la-Vache évoqua le Montmartre de pluie et de boue de l'hiver passé, sa conversation avec Fernande et l'aventure du Corse. Chez le commissaire, la fille l'avait chargé. Qu'elle était belle alors! Il la désira et jamais ne se trouva plus triste que dans ce moment même où il espérait bientôt la revoir...

A Lyon, pendant les cinq longs mois d'exil que

la Préfecture de Police lui avait imposés, la Vache s'était vainement efforcé d'oublier Fernande. L'éloignement même nourrissait sa passion d'une mélancolie furieuse qui lui déchirait le cœur. Qu'il s'employât à surveiller en rôdeur les bals de la rue Dunoir, de la Part-Dieu, de la rue de l'Arquebuse, ou les brasseries célèbres du Griffon, de la Morue sans tête, le bar de l'Egyptienne, les petits débits de la place de la Guille, ou qu'il opérât une action plus décisive aux alentours de la gare Perrache, il était sans cesse dévoré de soucis. Ses collègues tâchaient à le distraire un peu et n'y parvenaient guère. Il buvait seul, dans les petits cafés des quais de la Saône; il écoutait les sifflements des bateaux mouches monter du fleuve et sa nostalgie se faisait pathétique au point qu'il négligeait parfois toute circonspection dans la mission délicate qu'il avait à remplir.

Aujourd'hui, rien n'existait plus de tout cela. Lyon, ses cafés, ses misérables plaisirs s'effaçaient. Il retrouvait l'animation de la place Blanche, des boulevards, la montée grouillante de la rue Lepic, ainsi qu'un explorateur retrouve, après une longue absence, l'odeur délicieuse de l'apéritif à la terrasse de l'Américain. Il oubliait, comme un cauchemar, la province imbécile. Il n'y avait véritablement que Paris pour vivre et il le constatait. Et à Paris il n'y avait qu'une femme dont il fût amoureux.

Pour elle, il se sentait prêt à livrer une seconde fois le Corse et à sacrifier une autre fille. Il s'en tirerait d'ailleurs aussi aisément que pour le cambriolage de la rue Benjamin-Godard. Cinq mois encore! Bah! le crime du boulevard de Clichy restait impénétrable... Il ne fallait pas se plaindre du sort; mais les glaces des devantures lui renvoyèrent soudain son image au teint fiévreux, comme à dessein de le tirer de sa méditation.

La nuit venait. Les platanes du boulevard palpitaient à la brise qui soufflait, légère, dans leurs branches. Pépé-la-Vache traversait la place, suivait et descendait des rues et, huit heures sonnant, arrivait devant un bistro du faubourg Montmartre où de singuliers personnages paraissaient l'attendre en allumant des cigarros.

Il revint.

On n'expliquait pas sa conduite. Fernande, qu'il avait revue sans se trahir, l'entretenait du Corse.

Il profitait de son apparente crédulité. Il l'attendrissait et, comme elle levait sur lui ses beaux yeux attentifs, trouvait, pour dépeindre l'horreur de la prison, l'élan sincère qu'inspire l'amour. Il décrivait l'aspect de sa cellule; il disait le jour sans joie qui tombe de la lucarne aux durs barreaux de fer, le pas retentissant et monotone du gardien et surtout ce mystère angoissant de l'ombre qui, peu à peu, prête aux moindres souffles une déconcertante signification. Vingt fois il s'arrêta dans son récit pour échanger avec Fernande un long regard et vingt fois il dut poursuivre de sa voix rauque.

Le petit bar où ils se rencontraient, rue Fontaine, était désert l'après-midi. De leur place, ils voyaient le jaune soleil et la lumière s'étaler et briller dehors. Les fiacres passaient au galop boiteux de leurs bêtes et, leurs petits drapeaux debout sur le compteur, couraient le long des trottoirs. Ce mouvement continuel de la rue, ils le recomposaient machinalement d'après ce qu'ils en apercevaient par la porte ouverte et, quelquefois, il les ravissait tous les deux dans une rêverie qui les rapprochait davantage.

Fernande n'était pas heureuse. Elle se détachait de la Caille et l'irritante langueur qui s'emparait de son être pour la décevoir lui faisait trouver dans la compassion de Pépé un plaisir qu'elle ne savait pas préciser. Sous ses paroles, pourtant, elle en devinait d'autres, et c'est à l'hommage que celles-là lui rendaient qu'elle répondait par un sourire. S'il l'avait moins désirée, Pépé-la-Vache aurait compris qu'il fallait user d'un autre langage et tout entreprendre. Au contraire : il narrait toujours son odyssée.

Jamais il n'avait interrogé Fernande sur sa manière de vivre avec Jésus-la-Caille. Jamais de son côté, celle-ci n'avait parlé de Mina ni fait la moindre allusion à l'entreprise désastreuse du Corse. Ils se comprenaient. Il leur suffisait de savoir que le passé n'était pas mort entre eux et qu'il pouvait être imprudent d'en évoquer jusqu'à l'ombre la plus lointaine s'il leur en venait envie.

Les jours chassaient les jours. Fernande et Pépé-la-Vache parlaient ou se taisaient. Ils prenaient l'habitude de s'accouder à la même table, de boire, d'attendre (ils ne savaient vraiment quelle minute d'intimité plus grande) et cela mettait dans leur désir comme un rayonnement et comme une amertume.

La Caille n'ignorait rien de ces singuliers entretiens. Il feignait de s'en montrer satisfait et parlait du Corse pour irriter Fernande. Elle ne s'emportait pas. Elle se jugeait indigne de mériter jamais qu'il la reprît comme autrefois.

– Oh! disait-elle, avec une émouvante candeur, j't'aurais pas connu, qu'il serait dehors et que j's'rais sa femme. A présent, j'ai qu'des torts envers lui...

– C'est ta faute, Fernande.

– Oui, c'est ma faute.

Elle n'élevait pas la voix. Elle n'éprouvait pas de remords : à quoi bon? Tout lui était à charge et elle se résignait facilement à suivre le chemin qui lui était fait. Il y avait une telle détresse en elle que rien ne lui paraissait bon ni mauvais. Elle se jugeait sans parti pris. Les circonstances l'accablaient et elle allait de Jésus-la-Caille à Pépé-la-Vache sans les distinguer. Qu'étaient-ils pour elle? Le Corse, seul, méritait qu'elle l'aimât juqu'à renoncer à lui. Elle s'enivrait de sacrifice et la Caille éprouvait par moments, devant elle, un sentiment indéfinissable. Il la considérait longuement. Lui non plus n'avait pas de remords. Lui non plus ne discernait pas le mal du bien. Mais sur ces deux êtres pesait une fatalité, sans noblesse ni grandeur, dont le poids devenait écrasant.

Fernande appuyait alors sa tête sur l'épaule du gigolo. Pouvait-elle chérir Pépé-la-Vache lorsque Jésus-la-Caille la berçait ainsi?

Elle lui disait :

– Je n't'en veux pas, mon Jésus...

Sa voix le bouleversait. Il était sur le point de lui demander pardon pour cette souffrance qu'elle n'avouait pas et qui rayonnait d'elle. Il se surveillait. Il avait peur de s'attendrir et de se compromettre.

Il souriait.

– T'en fais pas, Fernande, tout s'arrangera.

Puis, sans transition, il lui demandait de l'argent, la retenait dans ses bras et disait : « Embrasse-moi, ma petite femme! » Elle l'embrassait. Quelquefois il la serrait de plus près et leurs baisers les enfiévraient et elle s'abandonnait en l'appelant comme on appelle le bonheur.

Ensuite il la laissait et, la cigarette précautionneusement tenue hors des draps, murmurait :

– On va s'aimer longtemps... Tu veux?...

– Longtemps?

– Oui... Quoi, ça te fait peur?

– Longtemps... Oh! non. Longtemps, ma gosse!

Et elle se blottissait contre lui, mais il comprenait bien qu'ils se faisaient illusion tous les deux.

VI

Il arriva qu'un soir Pépé-la-Vache rencontra Jésus-la-Caille sur la place Blanche. Ils allèrent boire dans un café voisin et tandis qu'autour d'eux le mouvement des filles et des gigolos se ralentissait, les deux hommes échangèrent les premiers propos. Fernande ne les divisait pas. Il était neuf heures. Ils avaient dîné l'un et l'autre et, désœuvrés, fumaient tranquillement.

– Pour moi, disait Pépé, j'ai le bon filon à la Villette : la maison marche.

Il se pencha pour confier :

– Je rabats. Une vraie baraque au chiqué pour boxeurs... et les gonzesses, faut voir. Les journaux ont assez fait de boniment là-dessus. Mais, alors, c'était vrai. Chinois cognait fort et quand il se rencontrait avec des numéros comme la Culbute ou Tricoteur, le rouge leur giclait de la gueule que c'était pas plus, pas moins. Maintenant, s'ils pavoisent, les amateurs flanchent. Tu rigolerais. Simon n'est pas trop moche; il entre dans le buffet convenablement. Mais, tout de même!... Tu arrives. Tu dirais pas. Y a rien!... Une entrée, quoi... puis le corridor. C'est au fond, dans la cour. Les gonzes me suivent et voilà les magnes et les giries avec Lange, le patron de la boîte : tout ça rapport à la police et rapport au prix. Deux thunes la place. Pardon, moi je touche des deux bouts.

Y a de quoi se marrer, continuait-il naturellement. Aujourd'hui les sports, et j'ai eu le flair de n'pas lâcher quand j'étais môme, c'est bien la mode... Bonsoir, Tirelire.

– Bonsoir!

Une fille s'arrêtait et repartait.

– Elle cherche son homme, Tirelire. Une belle nature! Je l'ai connue chez nous, à la Villette, où qu'elle venait à cause de Dalih, le nègre, un gars qui traîne partout. Pas le béguin, de l'amour et elle l'a eu, son boxeur! Il l'a même dressée. La môme n'était pas sans l'rond, mais crâneuse et loufetingue : « J'paye pas les mecs » et des boniments du même jus. Lui, la regardait venir et c'est elle qu'a marché. Seulement : « Comme t'es boxeur et que je veux me faire là-dedans, qu'elle lui déballe, entraîne-moi. » Dalih n'est point bileux. Ils font le marché; et, pendant quinze jours, monsieur amochait régulièrement madame. Il l'aurait aussi bien crevée tout à fait, pour un peu plus de pèze. Mais, à l'heure, la môme est fauchée. J'crois même qu'elle turbine au Moulin.

– Ça n'a pas d'importance, conclut la Caille, que l'histoire intéressait médiocrement.

– Bien sûr...

Le verbiage de Pépé l'énervait : il jeta son cigare. Gueule d'Amour et Titine, qui s'installaient à la terrasse, lui firent de petits signes. La Caille s'excusait, pour une seconde, auprès de Pépé.

– Tu vas fort, ma belle.

– Comment?

Titine prévint gentiment :

– Méfie-toi. L'frère est une bourrique et c'est assez qu'il te soulève Fernande sans te montrer avec lui.

– Penses-tu?

– J'ai rien à te dire. Tiens, vise!

Un équivoque bourgeois à la matraque noueuse s'asseyait non loin d'eux et son coup d'œil d'intelligence avec Pépé les instruisait. Ils changèrent de conversation.

– Nous allons au Moulin, expliqua Gueule d'Amour. Y a des boxeuses. Viens-tu?

– Ça va.

Ils se levaient.

– Je vous retrouve dans vingt minutes, assura la Caille.

Dans le hall, envahi par l'assourdissant tumulte des cuivres et flambant de lumière, le spectacle s'efforçait à prendre quelque solennité. Près du bar où ses amis l'attendaient, la Caille songeur s'assit et regarda. Du promenoir, des loges, des galeries grouillantes, une énorme clameur salua les boxeuses en maillot qui défilèrent. Le ring violemment éclairé occupait le milieu de la salle. Il y eut une minute de silence. L'orchestre laissait la parole à l'arbitre qui annonça le combat.

Les soigneurs préparaient l'éponge, les serviettes, à leur poste. Mme Choupe et Mme Clotilde se serrèrent la main, puis on attacha les gants et la première, aux couleurs jaune et noir, attaqua.

Clotilde, une superbe et lente Flamande, encaissa, donna, prit l'avantage sans effort. Elle s'amusait. On voyait, dans sa figure aux maxillaires serrés, les yeux gris s'allumer. Elle avança d'un brusque mouvement. Son corps tendit la maille verte qui le moulait. Il se replia, s'éleva, tendit encore la maille et Mme Choupe dansa dans les cordes. Au deuxième round l'adversaire renonça mais on le poussa quand même vers Clotilde, qui d'un cross l'abattit.

Le public des loges applaudissait, celui des galeries conspuait on ne savait qui. Dans le promenoir, des esthètes fourbus faisaient l'éloge de la boxe et les souteneurs leur riaient au nez.

Deux femmes quittaient le ring. Deux autres y arrivaient; l'arbitre les nommait. Le combat reprenait aussitôt et les acclamations, les cris et les huées luttaient opiniâtrement. Il y avait des partis pris qu'on n'expliquait pas. Tirelire saigna comme un bœuf. L'Africaine tapait en traître. On l'insulta. La Fouine était dangereuse. Panachée fuyait devant une petite noiraude épuisée et You-You, admirablement campée sur les jambes, faisait à tout moment sauter les boutons-pression de son maillot pour se montrer nue jusqu'aux reins et rire au public.

Le tumulte grandit. Si deux combattantes ne s'abîmaient pas, la foule tout entière leur criait : « Mouches! elles attrapent des mouches! Plus fort! Chiqué... Chiqué! » Et chacun s'énervait et chacun reprochait à l'arbitre, au chronométreur qui voulait parler, aux soigneurs indifférents, aux femmes et à son voisin même quelquefois, de n'y rien entendre et de favoriser les apparences quand, brusquement, l'orchestre joua *la Marseillaise.*

– Tiens, dis... où qu'est la Caille? demanda Titine, dans la débâcle.

*

* *

Il était parti.

Le ciel pluvieux se levait, roux et noir, entre les maisons.

– C'est tout en haut, monsieur la Caille.

Et la Puce, avec sa mine trop éveillée de petite crapule, marchait lestement en avant. La Caille suivait.

– Voilà, expliquait-il. Je m'ai douté de la combine en zieutant Fernande place du Tertre dans un débit. J'l'ai pas lâchée, et quand Pépé s'est aboulé en peinard, je suis descendu vous prendre.

Ils gravirent la rue Ravignan, la place, escaladèrent un raidillon.

– Maintenant, la Puce, débine-toi. Tu n'as rien à voir ici, dit la Caille, et surtout, pas un mot... à personne.

– Bien sûr. On se barre, j'vas au *Lapin,* assura la Puce.

– C'est bon.

La Caille resta seul et prit la rue Saint-Pierre. Sa colère était tombée. Elle faisait place à une curiosité craintive que, pour la première fois, il ressentait. Qu'allait-il accomplir? Il cherchait simplement à se convaincre. Ensuite, il avertirait Fernande que Pépé pouvait la perdre, et lui aussi, quand il le voudrait. Cette certitude l'angoissait et réveillait son courage.

Il avançait; il regardait droit devant lui, sans but

encore précis. Rencontrer Fernande, la surprendre?... Sans doute... Mais il ne savait plus ensuite quelle attitude tenir.

A travers les carreaux d'une buvette, il remarqua de rares clients qui s'attardaient. Le débit, où Fernande et Pépé devaient être, projetait plus loin une basse lueur sur le trottoir... Il entra. La salle déserte semblait sinistre. On fermait. Il s'en alla. Personne rue du Mont-Cenis.

Il aurait voulu redescendre, car il comprenait maintenant qu'il devrait rompre avec Fernande s'il la trouvait en compagnie de Pépé-la-Vache. Elle ne supporterait pas qu'il la surprît impunément et peut-être désirait-elle qu'il la surprît. Il se hâta d'un pas mal assuré... Comme il l'aimait alors! Elle était sa femme et il ne voulait plus se séparer d'elle, car il se retrouvait en elle avec une jalouse soumission.

Il prit à droite pour gagner la rue Lamarck et, brusquement, sous le ciel vaste, chargé de pluie, Paris tout entier apparut.

Il en voyait l'immensité fuyante. Des fumées se confondaient et palpitaient dans un poignant ensemble. Le vent soufflait dans les acacias qui élevaient de très près un fouillis sur les brouillards. Au loin, des milliers de feux tressaillaient. On devinait, à des trous noirs, des quartiers enfouis : des masses d'ombres émergeaient. C'était Grenelle et Montrouge. Un collier d'étoiles indiquait la

Grande Roue. Tout cela se composait. De longs reflets brillaient et s'éteignaient. Des cordons de lumières se succédaient, s'étageaient, puis c'était une vague opaque et renflée de nuées. Les tours de Notre-Dame semblaient grosses comme deux dés à coudre. On les reconnaissait. On reconnaissait aussi le fluide évasement du fleuve qui sinuait derrière et, jusqu'aux lueurs enflammées des gares, s'étendait. Quel monde! Ce n'était pas une ville, mais un océan de clartés et de remous. Cette masse vivait. Elle oscillait, elle était mouvante comme la mer, une mer grise et houleuse que le vent léger soulevait à peine, et il entendit grincer les acacias secs comme vibrent les cordages.

Mais, avec ce grincement aigu qui s'enflait pour décroître, lui parvinrent, longuement perdus dans la nuit, les sifflements des trains, leurs clameurs et leurs cris...

– Fernande! appela-t-il.

Fernande se retourna, s'arrêta. La rue Lamarck descendait obscure jusqu'au halo limpide d'un bec de gaz. Des jardins se succédaient et exhalaient une vapeur sur le ciel. A gauche, un mur coiffé de lilas épaulait d'autres jardins qui surplombaient la rue, et la Caille reconnut, dans l'ombre qui se collait au mur, Pépé-la-Vache, que la fille écartait d'elle.

Après une seconde d'hésitation, Fernande venait à lui et demandait :

– Tu m'espionnes?

– Écoute voir. Et il baissa la voix. C'est la Vache qui est avec toi? Ne mens pas, c'est tout vu, mais j'ai à te dire...

– Quoi?

– Crâne pas.

– Crâne pas?

– Ou alors, si la Judée te botte...

– Pépé, cria Fernande, amène-toi! le môme nous cause.

Par habitude, la Vache dissimulait son regard brillant et brossait ses moustaches.

– De quoi? demanda-t-il.

Mais Fernande reprenait :

– Es'pas? nous deux la Caille, ça devait finir.

Pépé, qui écoutait très attentivement, affirma :

– Oui, ça devait finir... Madame n'y tenait plus.

– Oh! je ne veux plus rien te reprocher, la Caille, poursuivit Fernande, seulement t'étais pas chic. Le môme que j'aimais chez toi, tu n'as jamais su l'être ou t'as jamais voulu... Tu te foutais de moi : tu m'avais. Mais il n'y a plus rien à faire. Cherche pas. Tu me connais; quand l'idée me tient, on me tuerait plutôt...

– Madame...

– Tais-toi... la Vache!

– Mais tu n'sais pas, Fernande.

– Si, la Caille, je sais. D'ailleurs, ça ne regarde que lui.

– Quoi qu'a ne sait pas?

– Ça va bien!

– Vous n'allez pas vous battre, déclarait la fille.

Elle les sépara vivement et commanda :

– Débine-toi de là, Pépé. Je te retrouve au bar. Et toi...

– Oh! dis, passe la main.

– Mais non. Ne te fâche donc pas et viens. J'ai à te parler.

Elle l'entraîna. Pépé s'éloignait et, dans le mystère de la nuit, le couple remontait la rue. La Caille n'entendait pas Fernande.

– T'as tort, déclara-t-il à brûle-pourpoint. Te mettre avec Pépé!

– J'ai réfléchi. Pépé m'a à la bonne depuis longtemps.

– Et toi?

– Je l'aime, répliqua sèchement Fernande.

– Sais-tu d'abord qui c'est?

– Lui?

– C'est une bourrique, dit haineusement la Caille.

– Eh bien! Tu penses qu'il lâche son boulot. J'en voudrais pas autrement. Il va le lâcher. Vois-tu, la Caille, après un béguin, une femme a toujours raison d'en avoir un autre et tout ça c'est ta faute. Si, si. Il est fou de moi! Dans le temps, quand il me parlait, je rigolais. Ça me plaisait. Toi aussi ça te plaisait, s'pas? de me voir chipée pour ta jolie gueule. Et voilà. Je vais partir...

Lentement, elle lui entoura le cou de ses bras et approcha de la sienne sa bouche entrouverte. Ils s'embrassèrent sans amour. Elle faiblissait. Alors, il lui dit :

– Va-t-en. J'me fous d'tout.

Et le premier il la repoussa, car il était sur le point de l'insulter, de la battre, et ne le voulait pas.

VII

Il resta deux jours sans mettre les pieds dehors. On lui apportait des sandwichs dans la chambre. Il souffrait. Chaque bruit du dehors lui faisait mal; mais, surtout, la trompe ou la sirène des autos dans la rue réveillait en lui une douloureuse sensation qui ne pouvait plus s'apaiser. Il attendit Fernande. Par instants, il croyait l'aimer comme il n'avait jamais aimé personne... et peut-être ne se trompait-il point tout à fait. Mais Fernande ne revint pas. Il souffrit dans son orgueil, il y prit plaisir. Pourtant le second soir, tout en lui s'apaisa comme par enchantement et il n'éprouva plus qu'une sensation de vide dont il s'accommoda. Il comprit que Fernande ne reviendrait jamais. Il ne l'attendit plus : il devint étranger à tout et à lui-même. Rien ne l'aurait touché ni séduit et il sortit, ce soir-là, comme il le faisait jadis, mais sa détresse d'alors n'était pas comparable à celle qui le travaillait sourdement.

*

* *

– Mon Dieu! celle-ci! se récria Olga en apercevant la Caille, elle a trop de rouge!

Titine déclara :

– Je te croyais fait par la rousse... Depuis deux jours qu'on ne te voit plus...

Mais, comme leurs regards se croisaient, il ajouta :

– T'as des ennuis?

Gueule d'Amour toisait les femmes avec son habituel dédain.

Elles attendaient sur les banquettes le geste d'un client. Il y avait là : Tirelire, des boxeuses, la petite Marcelle, la gosse Renée et de grosses filles mélancoliques. Le temps passait... Après Gueule d'Amour, Olga s'en allait.

Titine s'approcha de Jésus-la-Caille et lui prit la main.

– Ah! j'ai le cafard, avouait ce dernier, et il expliquait : Bien sûr que j'me fous d'elle... Pourtant c'est d'elle que j'ai mal. Vois-tu, Titine, je peux même pas dire que je l'aime. C'est pas vrai. J'aime personne et c'est de ça surtout que le noir me vient. Personne... Personne... Bambou! J'y pense encore et, quelquefois, ça me guérit... puis je me dégoûte d'avec Fernande... Oh! je me dégoûte et je ne sais plus ce que je veux.

Titine, les yeux meurtris, s'attendrissait.

– Pauvre gosse! Y a rien à dire si t'as le cafard. Mais ne t'en fais pas, va! Les femmes c'est tout plus veau l'une que l'autre... Tu te débrouilleras mieux sans elle. Tu plais. Ça ne manque pas, les types qui me demandent : Et ton petit copain?

Titine parlait bas et la Caille l'écoutait.

Une tendresse singulière, entre eux, venait de naître. Le café se vidait. Ils sortirent. La fraîcheur de la nuit ranima la Caille et il s'étonnait du plaisir qu'il prenait à se confier à l'adolescent.

– Où qu'on va, Titine?

Titine ne répondit pas. L'ombre palpitait d'étoiles et la brise qui passait dans les platanes du boulevard dispersait longuement leur odeur. Une petite rue sombre, à gauche, montait. La Caille suivait toujours son ami...

Il ne se rappela plus ensuite ce qui s'était passé cette nuit-là. Mais François l'Espagnol les surprenait. Titine recevait une volée terrible et lui, Jésus-la-Caille, se trouvait ivre au petit matin dans un bar. Il avait dû traîner de bar en bar. Il souriait. Il était heureux, et la Puce le pressait contre son cœur en soupirant :

– Moi, m'sieur la Caille, si vous voudrez, j'vous en gagnerai du pèze!

VIII

On ne revit plus à Montmartre Fernande ni Pépé-la-Vache et la Caille finit par les oublier. Chaque jour était beau. Les arbres du boulevard de Clichy devenaient plus touffus et plus larges. Un air chaud les pénétrait et le soir, quand la Puce quittait la Caille, celui-ci l'attendait à la terrasse d'un des cafés de la place Blanche.

On admirait sa nonchalance efféminée. Lui s'étonnait de voir d'un œil si calme cette place, ce boulevard et ces rues où, naguère, il ne se sentait qu'en danger. Sur le ciel s'élevaient les feuillages qui devenaient noirs tandis qu'une flamme limpide émanait d'eux. Il y avait un large espace, des perspectives floues, de jaunes lueurs au fond de l'ombre et les globes électriques s'allumaient, un à un, sur des files régulières.

Il suffisait à la Caille, pour se trouver parfaitement heureux, de croiser sous la table ses bottines vernies à tige blanche et de fumer du tabac fin.

Correctement vêtu, il se montrait d'une décence appliquée, encore qu'il affectât parfois dans sa tenue une élégance que les consommateurs du *Cyrano* appréciaient à leur façon.

La Puce arrivait ensuite. Ils allaient dîner, puis se rendaient ensemble, certains soirs, à la Gaîté-Montmartre et le frère de Bambou n'avait pas de secrets pour la Caille. Il l'admirait. Il était fier de l'accompagner et, pendant les entractes, tous deux se promenaient au milieu de l'étonnement envieux des filles sur le trottoir.

La Puce voulait faire du concert.

– J'sais y tâter, déclarait-il, et c'est bien rare si je ne dégote pas la combine.

Aux carrefours où stationnent les chanteurs populaires le petit voyou s'était bien des fois arrêté. La voix rauque du marchand l'attirait; il reprenait au refrain et son timbre aigu se détachait très nettement du houleux ensemble des chœurs.

– Ça m'est venu d'là, c'est rien bath. *Tes yeux noirs*... Vous la connaissez pas? M'sieur la Caille... non? Et *Femme d'apache* et *Frisson d'amour?*... elle est toute nouvelle... Voyez-vous. Rien que l'violon et l'bonhomme qui commence : *C'était la plus fraîche du quartier*... J'ai envie... oh! que j'ai envie...

Dans sa chambre, il chantait des heures entières, et ces romances, où l'amour est toujours exalté, exerçaient sur Jésus-la-Caille un charme dont il se défendait mal.

Bambou n'avait pas cette voix.

– M'sieur la Caille, reprenait la Puce : une supposition que j'me lance sur les planches, vous y verriez-t-il mal?

– Non, répondait la Caille.

– V'n'êtes pas d'avis du père. Quand Bambou s'est mis dans l'concert, l'père a dit : « C'est foutu! » Mais moi j'pense comme vous. L'père ne sait pas.

A lui seul, la Puce suffisait aux besoins quotidiens. Il n'aurait pas souffert que la Caille supportât la moindre charge. D'ailleurs, discret, il ne lui fournissait aucune explication... Des jours faciles coulaient. Le frère et l'ami de Bambou se rapprochaient de plus en plus et jamais une seule fois ils n'éprouvèrent la moindre gêne à parler entre eux de l'absent.

Ils en parlaient souvent et les amis qu'ils rencontraient dans les bars leur demandaient de ses nouvelles. Cela les touchait jusqu'aux larmes. Avec l'aube délicate et légère des derniers jours de mai, les confidences devenaient plus tendres. La Puce perdait de sa crânerie, la Caille de son cynisme et, longuement, autour des tables dégarnies de *la Palme,* un petit groupe rappelait mille souvenirs cependant que le matin se levait tout à fait. On ne chassait personne. Le barman lui-même prenait place dans le cercle et, quand le soleil surgissait enfin derrière les hautes maisons de la place Blanche, chacun se retirait. Seuls, abrités dans un coin par un paravent de soie verte, certains habitués prolongeaient quelquefois jusque dans l'après-midi d'interminables parties de poker, ou la belote de la patronne.

La Puce et la Caille rentraient.

Ils affirmaient jusqu'ici n'éprouver l'un pour l'autre qu'un sentiment de camaraderie : mais, déjà, l'habitude qu'ils avaient d'être ensemble se faisait plus étroitement sentir et, la Puce ne cachant pas ses impressions, ressentait du dépit si Jésus-la-Caille l'entretenait du prisonnier.

– Ben, quoi?... le frangin... demandait-il avec étonnement.

– On ne peut pas, répondait la Caille.

– Vous croyez... Ah! c'est chic de votre part, mais c'est aussi trop bête. Nous v'là tous deux à vivre et les copains nous débinent tant qu'ça peut... Croyez-vous que Bambou s'en fasse pour vous et pour moi?...

Ils couchaient côte à côte, dans le même lit et rien ne les troublait plus que ces conversations matinales. La fatigue les endormait parfois avant qu'ils eussent parlé beaucoup. Ils se réveillaient assez tard. Derrière les persiennes, sur les cours animées et bourdonnantes de mille bruits, le soleil déclinait et le soir naissait avec la première étoile.

La Caille se levait et ouvrait les persiennes, s'accoudait un moment, puis il commençait sa toilette et la Puce, qui le regardait du lit où il restait étendu, lui adressait des compliments. La Caille se défendait mal, mais le petit voyou se montrait naïf comme un trottin quand il s'apercevait de la gêne de son camarade.

Celui-ci ne savait alors comment le faire taire.

– J'peux dire que j'ai jamais aimé, commençait la Puce.

Il suivait son idée :

– Vous croyez des fois qu'on peut aimer un vieux?

– Des fois!

– C'est pas possible... Souris m'l'a encore raconté, avant-hier. Elle est avec un vieux, elle, et ça la dégoûte...

La Caille évoquait le souvenir pénible de ses débuts.

– Et pourtant, la Souris, elle sort quand elle veut. Oui! J'l'ai vue à *la Palme* qui rigolait avec Titine... et le lend'main, non, leurs gueules à tous les deux!

La Puce éclata de rire. Son rire frais et jeune frappait le silence de la chambre et poursuivait la Caille.

– Pourquoi que ça vous amuse pas aussi, ce que j'raconte?

– Ç'a m'amuse...

– On l'dirait pas... Dites donc, m'sieur la Caille, vous avez été avec un vieux, vous?

– Non, répondit la Caille, pour mettre fin à ce bavardage.

– Alors, vous pouvez pas me proposer de me mettre avec lui?

– Qui : lui?

– L'général.

Devant la mine que fit Jésus-la-Caille, la Puce, très sérieux, déclara :

– Il m'court, avec ses boniments. D'abord il m'a dit qu'il s'rongeait d'chagrin de m'voir faire le truc sur les boulevards. Il m'a accompagné à *l'Electric*, le bar, vous savez bien, rue Montmartre. C'qu'on a rigolé avec les copains! Ah! j't'écoute... Il m'a dit... Alors, moi, j'y ai dit que j'étais pas fait pour des vieux comme lui et qu'il faudrait que j'soye bien dégueulasse pour me coucher avec des types de cinquante berges.

– Quoi qu'il a répondu?

– Ah! J'm'en fous, vous savez bien, du général et de tous les autres... J'suis pas pour ça ou, alors, la combine au pèze... Est-ce qu'ils ont pas les femmes, à leur âge?

La Puce parlait à cœur ouvert et la Caille prévoyait pour lui les déceptions qu'il avait autrefois connues. L'ingénuité de la Puce le consternait, car elle était le témoignage d'une nature véritable. Le « métier » lui plaisait et il s'entendait à lui prêter toutes les apparences du plaisir.

Jésus-la-Caille, jusqu'à ce jour, avait pu saisir les différences qui le séparaient de Titine par exemple ou de Bambou. Tous, plus ou moins, on les estimait capables d'accepter les pires servitudes. Ne s'y était-il pas plié lui-même? Mais cela le plongeait dans une sorte de stupeur de découvrir chez le frère de Bambou cette facilité pour des mœurs qui lui paraissaient toujours aller contre la nature et qui, pour la même raison qu'elles le troublaient, lui donnaient de l'horreur...

Jamais la Puce ne s'était ouvert à lui comme il venait de le faire et la Caille hésitait. Il se sentait gagné par un malaise d'un ordre très spécial...

Mais la Puce revenait à la charge et, rejetant le drap qui le couvrait, répétait sans qu'il fût possible de rester muet à son invite :

– Ah! j'peux bien dire que j'ai jamais encore aimé...

Cependant, la Caille ne répondit pas.

IX

Il devait se rappeler plus tard ces paroles dont le sens était clair... Il devait certain soir s'approcher de la Puce et lui demander... mais il s'en écarta d'abord et lutta de son mieux contre la curiosité qui s'éveillait en lui. Il répugnait en effet à Jésus-la-Caille de profiter de la détention de Bambou pour le tromper avec la Puce... Toute délicatesse n'était pas morte dans son cœur et, bien qu'il sût qu'on ne lui en tiendrait pas compte, il continua de respecter des apparences que tout autre à sa place eût trouvées ridicules.

Enfin, Jésus-la-Caille était encore trop près d'une fâcheuse aventure pour ne pas se souvenir de Bambou qu'il regrettait toujours. Pour avoir perdu la femme du Corse, la Caille poussait très loin les droits de l'amour. C'est à Bambou qu'il appartenait et il envisageait à la fois l'amour comme un plaisir et comme une absolue possession.

Cela provoquait ses scrupules, car il évoquait Fernande pour résister à la Puce et il se reprochait en même temps sa conduite.

Mais la Puce lui dit, en approchant à l'improviste sa bouche de la sienne :

– C'est peut-être vrai, mais j'peux pas croire que j'vous dégoûte...

Et toute sa résistance tomba.

Jamais la Puce ne se tint mieux.

Il était heureux; il était digne et devant ses jeunes amis de *l'Electric* savait se réclamer de Jésus-la-Caille. De la sorte, il devint un *grand* et son mépris pour Dédé-la-Gosse, par exemple, que le souteneur de sa sœur surveillait, ou pour la Flûte et Célestine, s'affirma plus nettement.

On ne le surveillait pas, lui! Un petit blond, avec lequel il s'était autrefois entendu dans certaines combinaisons, l'enviait. Les autres le regardaient avec une admiration profonde et il n'était pas jusqu'à Charlot des Halles, dont l'autorité s'étendait sur huit ou dix mineurs des boulevards, qui ne le traitât en personnage de marque et ne lui offrît, de temps en temps, l'apéritif.

Jésus-la-Caille tirait moins d'orgueil de cette liaison et, bien que la Puce le priât de descendre le chercher vers huit heures comme le faisait Charlot des Halles pour sa petite bande, il restait à Montmartre et se rappelait l'époque où Titine l'emmenait chez Bousse... Ce n'était pas déjà si loin! mais il était alors candide et capable de donner à l'amour le meilleur de lui-même.

Aujourd'hui, son indifférence le navrait. Il était soumis comme les autres. Fernande d'abord, puis la Puce avaient eu raison de ses dernières pudeurs... Et il souriait, assis à la terrasse d'un bar, les jambes croisées, sans pouvoir s'arracher à cette existence. Tout s'écroulait en lui. Il ne savait plus. Il adorait Montmartre et il y adhérait par intérêt et par bassesse. Il y vivait bien. Il y réussissait et l'argent comme les plaisirs lui étaient faciles.

S'il lui arrivait encore de penser à Fernande, il s'estimait à l'abri de la rancune du Corse, car la Vache, qui avait livré le Corse à la police, lui avait en outre enlevé sa femme. Lui n'avait rien à voir dans cette affaire. Que les autres s'arrangent à la sortie du souteneur! Il ne déplaisait pas à la Caille d'imaginer la rencontre des deux hommes. Au contraire. Il s'en délectait, et lorsqu'à l'aube la Puce s'endormait entre ses bras, sa pensée l'emportait vers un couple dont la crainte devait grandir, de mois en mois, jusqu'au moment où elle le céderait à l'épouvante.

Mais la Puce se réveillait et demandait :

– Vous dormez donc pas, m'sieur la Caille?

– Non, mon petit... dors...

– Oui... ah! que j'ai de goût contre vous...

Un soir, il dit, après avoir bâillé :

– J'ai r'vu le général, à *l'Electric*. Il m'a parlé de vous... Qu'est-ce que vous dites?... Rien? N'est-ce pas, m'sieur la Caille, moi j'l'ai laissé raconter.

– Tu vois que j'dors, sale môme... il est tard.

– Quoi? J'entends pas... Vous dormez?

Et, très doucement :

– J'sais bien maintenant, allez, que vous avez été avec des vieux... J'l'ai pas cru, d'abord... Enfin, moi aussi... j'vous comprends... et Charlot des Halles il dit que c'est rien à faire... oui... Charlot. Vous savez... vous et mon frangin, voilà tout... Je suis plus un petit, maintenant... Oh! faites pas celui qui dort... M'sieur la Caille... J'irai moi aussi avec des vieux, n'est-ce pas? Et ça sera la même chose comme vous...

La Caille ne bougea pas... Mais il entendait parler la Puce dans un demi-sommeil et il n'osait point lui répondre.

Le petit voyou se pelotonna plus étroitement contre lui. Dehors, il faisait jour... Une voiture roula sur les pavés. Alors la Puce ferma les yeux, bâilla plusieurs fois, puis de toute sa force engourdie, de toute la fraîcheur qui lui restait au fond du cœur, il prit la main de Jésus-la-Caille, la baisa comme un enfant sage et s'endormit.

X

Maintenant, le métro les emportait tous les mardis et les samedis vers le dormant boulevard Arago, et l'affection de Jésus-la-Caille et de la Puce pour le prisonnier se fortifiait de celle qui les unissait et qui ne surprenait personne à Montmartre.

La Puce se transformait. Coiffé d'une molle casquette claire, il prenait des mines et maniait sa pochette avec des gestes que bien souvent la Caille s'émouvait de reconnaître. Il y pensait, et rien ne le troublait davantage. Sa tendresse hésitait; son cœur se partageait voluptueusement et il attendait le jour où il pourrait, avec la Puce et Bambou, donner l'exemple d'une liaison pleine de cynisme et de naturel. Aucun des trois n'y répugnait et la Puce parlait volontiers de son frère afin d'en déplorer le sort.

– Faut gueuler, au parloir, disait-il, parce qu'on s'entend pas. Y a des femmes et des mômes qui pleurent. Ceux qui se taisent sont rares... Mais j'en ai vu qu'allument une bougie et qui se regardent. Des vieux, ceux-là ou de la graine, et la bougie les éclaire. Ils s'bouffent des yeux tout leur temps, sans rien dire... Ils en auraient trop long, probable! Moi je crie : « Bonjour! ça va? » J'y dis que t'es là, dehors. Tu l'vois s'inquiéter. Saloperies! Comme s'ils pouvaient pas te laisser entrer avec moi pour voir le pauvre petit môme, bon Dieu! Ma bougie fait une grande flamme. Je lui demande : « T'as besoin de rien? » Il est pâle. Il me fait signe qu'il va parler. J'l'écoute : il me raconte toujours qu'il passe avec Totor et deux petites lopes du Sébasto... Il m'fait peur, avec son air. Il lui tarde, dis : s'il en prend pour un an, voilà huit mois de faits.

Au chaud soleil de juin, ils descendaient le boulevard bordé de maisons calmes. A gauche, au fond de son parc broussailleux, l'Observatoire élevait deux globes sur le ciel, un ciel bleu, large, pur, tandis que de petits bourgeois changeaient avec précaution de trottoir. L'autobus de Montrouge traversait et soulevait de la poussière. Les moineaux piaillaient dans les marronniers et les deux amis longeaient un mur sévère et sombre.

Ils levaient parfois les yeux pour en mesurer la hauteur et l'abominer. Des souvenirs d'évasions lointaines les hantaient. Ils avançaient, tournaient à droite. La Puce quittait Jésus-la-Caille qui, dans un bar situé juste à la porte de la prison, buvait en l'attendant et se réjouissait amèrement de l'inscription qu'il lisait à rebours sur la vitre :

A LA BONNE SANTÉ

– On est mieux ici qu'en face! affirmait le patron.

On y était mieux, sans contredit, mais la Caille ne voulait pas en convenir. La salle étroite et noire, avec ses banquettes de moleskine, ses chaises, sa fenêtre, ses glaces ternies, sa clientèle de buveurs préoccupés, lui serrait le cœur. Il s'asseyait à l'écart et surprenait un regard, un lambeau de conversation qui, par moments, lui laissaient deviner bien des choses. Il ne se trahissait pas. Il était tout entier au spectacle de ces malheureux que son regard gênait. S'il lui arrivait de laisser aller sa pensée, elle l'emportait aussitôt vers le parloir bruyant où la Puce s'entretenait avec Bambou. Il imaginait la rumeur, l'ombre, la lueur des bougies, et cette vision lui arrachait des soupirs. Elle l'emplissait d'amour. Il comprenait ce que l'amour est dans la vie de chaque être. Il se faisait honte; il pensait à Fernande... Il pensait à la Puce et la tendresse qu'il éprouvait pour Bambou n'était plus celle d'autrefois.

Une voiture cellulaire ébranla l'air d'un roulement énorme. Il ne pouvait plus échapper à son tourment. Un groupe pénétrait dans la salle, et, comme les autres, la Caille arrêtait son regard sur trois hommes et deux femmes qui s'asseyaient et commandaient du vin. Ils entouraient un blême adolescent.

– Paulot, disait l'un d'eux, te v'là dehors, c'est rien bath!

Paulot ne répondait pas. Il souriait péniblement. Le verre, qu'il éleva jusqu'à ses yeux, refléta la lumière. Paulot ne but pas : il s'absorba dans la contemplation stupide du vin que le jour frappait d'un reflet.

On le regardait avec surprise.

– Dis donc, Paulot, fit une femme.

– C’est moi... reprit l’autre..., la Marie. Tu ne reconnais plus la Marie, à présent?

– Pauvre petit gars, expliquait un buveur de la bande. Voilà dix mois qu’il tire... ça vous amoche tout de même.

– Lui qu’était si fendart!

– Bon Dieu d’bon Dieu! moi la Marie... sa femme!...

On la fit taire.

– J’ai pourtant rien bricolé, fit Paulot dans le silence, et les copains m’oublient.

– Ils t’oublient pas, Paulot!

– J’en sortirai jamais.

Ce fut une minute terrible. Paulot pleurait, son verre posé devant lui, sans un geste... de grosses larmes roulaient sur ses joues.

– Ah! mince... les salops!

Et, lourdement, un homme superbe se levait, en montrant le poing à la prison.

La Caille n’y prit pas garde; il regardait avec avidité le visage, d’une maigreur et d’une pâleur saisissantes, de l’adolescent qui pleurait. Il en éprouvait une sensation affreuse. Bientôt, Paulot ne fut plus Paulot pour lui, mais Bambou, et il oublia complètement l’endroit où il se trouvait. Que lui importaient ses voisins, les bruits de la rue, le jour et l’heure!... Sur le rebord de la table, il posa le front et, tandis que chacun s’occupait de l’imbécile qui divaguait, il sanglota, car il sentait combien tout nous échappe et combien le Destin se rit des larmes et de l'amour, et soumet le plus fort au moment même qu'il a voulu choisir.

TROISIÈME PARTIE

I

Fernande rentrait et, déjà, les petites pluies de septembre mouillant les trottoirs, le boulevard de Belleville s'animait d'un mouvement sans hâte qui la portait. Elle marchait avec la foule du soir, du même pas, avec les voitures qui roulaient, les trams, les rares camions et il lui semblait qu'ils n'étaient pas seuls à se disperser dans la clameur de la rue. Son regard entraînait à leur suite des immeubles blanchâtres... Fernande voyait une façade presser l'autre. Les plus hautes semblaient se renverser sur le ciel et les lettres jaunes d'un balcon dansaient et s'écartaient. Des fenêtres ouvertes laissaient deviner des intérieurs. Des garnis, de petits hôtels à deux étages, des boutiques se succédaient et, de loin en loin, les bars pleins de musique, étincelants et mornes, captivaient la fille comme de beaux navires qui s'éloignent.

Fernande n'aimait pas ce quartier où, depuis

qu'elle avait quitté Montmartre et Jésus-la-Caille, son nouvel amant vivait avec elle. C'est lui qu'elle allait rejoindre tout à l'heure dans un débit de la rue de l'Orillon et elle y était faite comme à une habitude que rien ne dérangera plus.

Cependant, la nuit tombait. Des filles se mêlaient aux ouvriers, aux ouvrières, aux ivrognes et à de tout jeunes garnements qui marchaient, par quatre ou cinq, en tétant leurs cigarettes. Du métro s'échappait un flot lourd d'employés. Il débordait par nappes et l'on pouvait voir, à la même minute, le même et fiévreux inconnu pousser la porte carillonnante d'une épicerie, tourner un coin de rue ou passer, vivement, dans la lumière des becs de gaz... Les étages s'éclairaient tristement. Le ciel restait noir et quand Fernande arrivait à la table où Pépé attendait en lisant un journal de sport, elle avait dans la tête cent images confuses.

– Ça ne va pas? demandait Pépé... Allons... Prends ton glass avant qu'on se barre...

– On a bien l'temps!... songeait Fernande.

Mais Pépé l'arrachait à sa rêverie et, sûr de lui, annonçait qu'après « la croûte », il payait le « Ciné » à *la môme* ou le Caf'Con', à son goût.

Ils sortaient, ainsi, chaque soir, après minuit, d'une de ces grandes salles populaires de spectacle qui font l'honneur de la rue de Belleville et regagnaient leur chambre de l'hôtel Bouvier, où le patron semblait avoir pour Pépé-la-Vache des attentions particulières. C'était une vaste chambre et Fernande s'y trouvait bien, une fois que, la porte fermée au verrou, elle se déshabillait. Alors Pépé la prenait contre lui et, sous les baisers qu'il lui donnait, elle disait son ennui de ne rien faire dehors, malgré le grand désir qu'elle en avait.

Il l'écoutait sérieusement.

– Y a des jours, expliquait Fernande, où que j'me sens ici comme égnollée... Et qu'est-ce qu'on gagne?

Pépé la raisonnait.

– Mais, lui expliquait-il, puisque j'en ai, du pèze, t'inquiète pas.

– Non, non, répondait-elle. D'où c'est que tu l'as, ton pèze? Tu veux pas l'dire.

– Fernande! reprochait Pépé de sa voix rauque.

Il n'avait pas changé. Son regard méfiant et dur, ses courtes moustaches noires et jusqu'à son chandail défait sur le cou qu'il gardait pour dormir lui prêtaient une apparence dont la fille s'étonnait.

– Oui, poursuivait-elle en soi-même... Son pèze... où qu'il va le chercher? V'là cinq mois qu'on est ensemble et je peux pas le savoir, cause qu'un homme comme lui c'est plus sur les pattes qu'un... Elle cherchait le mot.

– Écoute, reprenait Pépé-la-Vache en remontant sa montre – une belle montre en or – avant de se coucher... T'as besoin de rien, n'est-ce pas? La carrée...

– J'parle pas d'ça.

– Alors?

– La Vache, répondit Fernande... quand j'm'ai mise avec toi, je savais... ce que j'savais... et c'est pas ce qui m'a r'tenue, mais j'voudrais, puisque tu m'as promis qu'c'est fini... j'voudrais...

– La crise, la v'là! railla-t-il. Non, mais, c'est-il qu'tu me prendrais pour...

– Dis voir, fit-elle comme il hésitait.

– Une bourrique? prononça lentement Pépé, en jetant à Fernande un coup d'œil méprisant.

Elle frissonna. La lampe brillait au chevet du lit, sur une table. Pépé se coucha. Il se taisait.

– Mon homme! gémit Fernande.

– Oh! ça va bien, prononça-t-il sans douceur... Si j'te filais une trempe?

Elle lui tendit les bras, sa bouche qu'elle avait peinte, et il la regardait avec un sourire malheureux.

– Si j'te la filais? répéta-t-il, sans courage...

– Oui! murmura la fille... Crève-moi... Crève-moi donc, j'l'ai gagné... Et puis, ça serait si bien que mes doutances s'en aillent.

*

* *

Le tort de Pépé, outre celui qu'il avait de ne point corriger Fernande quand elle le méritait, était d'entretenir dans certains cafés des relations avec de douteux personnages qu'il paraissait ne plus connaître l'instant d'après. Ces Messieurs parcouraient Belleville, fréquentaient les bars, les bals, les hôtels du quartier et c'est à eux que bien des fois d'autres individus, qu'on pouvait croire jaloux de leur indépendance, faisaient de longs rapports sur des milieux qu'ils connaissaient. Les affaires allaient assez bien. D'ailleurs, Pépé n'ignorait pas les ressources de son métier et, s'il l'exerçait sans risques, c'est qu'il était discret.

Il sortait peu. Quelquefois, le matin, si Fernande l'en priait, il l'accompagnait dans les courses qu'elle avait à faire, puis la laissait l'après-midi, et, bien informé – par d'obscurs pisteurs qui lui devaient quelques services – des sorties de sa femme, vivait paisiblement, car l'amour de Fernande comblait tous ses désirs. Il se félicitait de l'avoir conquise, en dépit du Corse, à Jésus-la-Caille et de l'avoir contrainte à quitter Montmartre où on l'avait trop vu. Bien plus, il pensait qu'un jour, si la chance le favorisait, il pourrait dans un vague Montrouge acheter un fonds de bar quelconque et passer de nombreuses années les pieds dans ses pantoufles. C'était son rêve. Il pensait, en effet, que le temps aplanit les obstacles et que, dans toute cette histoire, il lui suffirait de faire preuve de patience pour arriver au but qu'il se proposait. Pourtant il savait que la fille songeait parfois au Corse. Il le sentait à ses regards, à ses silences, à la crainte qu'elle avait de le soupçonner d'être toujours au service des plus forts. Cela ne le surprenait point. Il se disait enfin qu'en sauvant les apparences, il ne lui serait pas impossible de donner le change à quiconque sur le mystérieux emploi de ses journées.

Fernande, sans s'en douter, l'aidait dans son trafic. Ses sorties, dont il se vantait qu'elles leur rapportaient à présent de quoi vivre, lui permettaient d'errer sur les trottoirs, en quête, avouait-il, d'un labeur dont les habitués des bars, où il se rendait volontiers, tiraient eux-mêmes leur subsistance. On le savait moins bavard qu'attentif à tout ce qui, dans le monde où il évoluait, mérite d'être retenu; et c'est pourquoi toujours habile et prompt à se donner des avantages, Pépé n'hésitait pas à provoquer chez ses compagnons de hasard le mépris qu'il prétendait avoir lui-même de la police.

C'était, pour la plupart, de jeunes filous experts dans l'art d'attendre, la nuit, au coin des rues, le passant titubant dont ils vidaient les poches. Ils en parlaient entre eux et Pépé ne dédaignait pas d'accepter et de rendre la « tournée » d'usage. Il feignait d'admirer les héros de pareils exploits et quand Fernande le trouvait en si bonne compagnie, c'était pour lui la « véritable occase » de baisser davantage son feutre sur les yeux et de parler à mots couverts.

Mais cela ne suffisait point à Fernande. Elle avait beau voir Tournibole, un enfant adroit de seize ans, tutoyer Pépé et se confier à lui, Cabèche ou l'Araignée tenter de la séduire, la fille vidait son verre puis, désintéressée de tout, jetait sur le zinc l'argent de sa consommation. Pépé payait le reste et il sortait après Fernande qu'on saluait et pour laquelle il répondait en touchant mollement, d'un doigt, le bord de son chapeau.

II

– Alors?

Ce soir-là, Fernande, en descendant la rue du Faubourg-du-Temple, était arrivée jusqu'à la place de la République et une fille qu'elle ne connaissait pas lui avait jeté, en passant :

– A crai!

– Alors? répéta-t-elle.

– Alors?... Mais barre-toi donc. Ils viennent.

Il y avait de l'air, de la lumière, un vaste espace. Les fontaines jaillissaient. Des taxis se croisaient. Des fiacres, de longs tramways qui grinçaient sur le rail, des tri-porteurs, des bicyclettes partaient dans tous les sens.

– Ici, fit l'inconnue, en se hâtant. Grouille-toi. Puisque j'te dis qu'ils viennent!

Elle prit une rue à gauche et se réfugia dans un bar. Fernande l'avait suivie.

– Ça ne vaut plus ce que ça valait, depuis quelque temps, commença la fille.

Fernande lui offrit à boire. Elle accepta. Puis finissant sa phrase, elle ajouta et elle hocha la tête :

– Je parle du temps d'l'Incendié, d'Yvonnette, de la grande Paule...

Les agents des mœurs passèrent devant le bar. Ils étaient trois et ne paraissaient pas pressés. Le soir mettait dans le ciel comme une flamme d'eau pure sur laquelle tremblaient le contour des toitures, les fumées, la masse des arbres roussis et la poussière qui s'élevait du sol. Une foule dense s'engageait dans la rue du Faubourg-du-Temple.

– Oui, reprenait la fille... Ça les amuse on l'dirait d'arrêter l'boulot... Aujourd'hui la Bretonne est faite, crois-tu? Lilas la Bretonne, une femme en carte!

– Sans blague?

– Dame! Ils sont pas bileux... Une femme en carte, c'est franc. Ils sont sûrs au moins de ne pas se tromper.

– Je m'appelle Fernande, dit alors l'amie de Pépé-la-Vache.

– Et moi, Bertha, répondit l'autre. C'est mon tour. Qu'es' tu bois?

Elle choquèrent une seconde fois leurs verres; les agents avaient disparu.

Fernande revint le lendemain. Chaque jour, maintenant, on la voyait aux alentours de la place de la République et Bertha, qui lui voulait du bien, la mettait au courant des habitudes de l'endroit. Bertha portait, en avant sur les yeux, des cheveux blonds dont elle formait au-dessus des oreilles deux pattes aguichantes. Son bleu regard parlait pour elle et la fille savait quelle force il avait. Elle était moins grande que Fernande, mais sa jupe tendue sur les cuisses, sa poitrine ferme et bien prise, sa bouche au dessin régulier en faisaient une femme dont les passants quêtaient les complaisances. Fernande l'accompagnait. Grande, avec sa démarche libre et dansante, sa taille qu'elle cambrait d'un tour canaille, l'amie de Pépé-la-Vache ne passait pas inaperçue. On la suivait. Elle avançait dans la foule des trottoirs et, quand elle s'en écartait, elle était toujours sûre – au troublant regard qu'elle jetait derrière son épaule – de conduire jusqu'à l'hôtel le plus proche l'inconnu qui la désirait.

Ensuite, elle reprenait sa promenade et Bertha, qu'elle rencontrait, marchait à côté d'elle pendant une minute ou deux, ou bien elles se retrouvaient dans un bar.

Fernande, qui était sérieuse, ne s'aventurait guère au-delà de la rue de Malte et de la place de la République. Elle connaissait les « mœurs ». Sa nouvelle compagne l'avait renseignée sur chacun en particulier et sur leurs façons d'opérer. Du reste elle ne craignait rien. Pépé parfois descendait avec elle jusqu'au bout de la rue du Faubourg-du-Temple et il l'attendait, en se promenant devant les étalages en plein vent, les devantures des magasins, les boutiques ou les bars de la place.

– T'es bénie! assurait Bertha.

En effet, les jours passaient, également sereins, et l'argent que la fille comptait le soir en regagnant Belleville lui procurait un bonheur paisible. Pépé la rejoignait. Tous deux remontaient les trottoirs en silence. A gauche, ils voyaient en marchant, au bout de l'impasse Corbeau, l'hôpital Saint-Louis et ses cheminées noires et trapues. Un brouillard léger rendait l'air humide. Plus haut, le passage Bouchardy, à l'étroite et sombre perspective, s'ouvrait sur la droite. Ils le dépassaient, arrivaient au boulevard de Belleville et, avant dîner, buvaient sur un comptoir l'apéritif.

– C'est ton homme? demanda Bertha le lendemain d'un soir où elle avait croisé Fernande et son amant.

– Oui, répondit-elle.

Bertha n'ajouta rien, mais elle regarda Fernande avec une nuance d'étonnement qui permit à l'amie de Pépé de se montrer surprise.

– Qu'est-ce qu'il y a? s'informa-t-elle.

– Il y a... fit l'autre en s'écartant. Tu ne l'sais pas?

– Moi?

– Oh! Laisse, ça va... répliquait Bertha... T'esquinte pas à m'arranger les châsses. J'y vois clair... Ton homme...

– Mais parle donc!

Bertha se tut. Un mauvais sourire lui serrait la bouche. L'amie de Pépé-la-Vache approcha son visage de celui de la fille.

– Il vaut le tien... prononça-t-elle avec colère.

– J'ai pas d'homme, ripostait Bertha... et puis, si tu veux l'savoir, un type comme t'as, c'est pas la peine de faire la rue... Il n'en gagne pas? Sans blague... alors tu veux charrier ou tu m'prendrais...

– J'te prends pas, j'te laisse, répliquait Fernande.

– C'est ça... laisse-moi... j'suis pas jalouse ni faite pour toi... ni pour ton mec, et même si que j'en trouverais un à la Grande Taule... écoute... j'te le refilerais... A deux, tu s'ras parée.

Sous l'insulte, Fernande se cabrait.

– Oui, voilà!...

Les deux femmes se parlaient dans le nez et déjà, autour d'elles, se formait un cercle de curieux d'où partaient des lazzi et des rires...

– Allez... les mômes! Bertha, vas-y... Gy! Va! Kiss!

– Silence, dit une fille, elle a raison.

– La Bertha?... Voui, qu'elle a raison!

– Et la grande d'abord, c'qu'elle fout ici?

– Elle nous donne! proclamait une débutante.

C'est alors que Pépé parut dans la foule.

– Fernande! appela-t-il...

– Non!

Il la prit par le bras.

– Veux-tu venir?... Non?... Ah! Tu ne veux pas?

– Pour cette salope! criait Fernande.

Il l'entraîna de force à sa suite et Bertha, demeurée maîtresse du trottoir, les accompagnait de la grande injure :

– Hé! bourriques!

*

* *

Au matin, contre les persiennes closes de leur chambre dont la fenêtre était ouverte, l'averse coulait son bruit léger, et Fernande en se réveillant se rappela l'insulte de Bertha. Elle avait pleuré toute la nuit sans rien vouloir entendre. C'était donc vrai. Qu'allait-elle devenir? Hélas! Sous le regard de tous, Pépé l'avait empêchée de répondre. Fallait-il, après une telle ignominie, tout accepter? Fernande ne pouvait s'y résoudre. Pépé lui devait au moins une explication et si elle ne l'avait pas encore exigée de lui, elle se promettait bien de l'y contraindre.

D'ailleurs quel homme était-il, même s'il ne pouvait fournir la preuve de ce qu'elle appelait *son honneur,* quel homme pour tolérer qu'on le traitât ouvertement de « bourrique » dans la rue? Tout autre eût « foncé dedans ». Mais non. Lui s'était contenté d'entraîner Fernande, à grands pas, par les rues, en lui ordonnant de se taire et de le laisser maître d'arranger les choses... Et Fernande l'avait suivi, s'était tue et, parfois secouée d'un frisson qui lui cassait les jambes, était remontée avec lui jusque dans cette chambre où elle reprenait lentement ses esprits.

– Bourrique! songeait la fille.

Un insurmontable dégoût lui nouait la gorge. Est-ce qu'on se refait?... La pluie roulait plus fort sur les persiennes et la fenêtre ouverte laissait pénétrer dans la chambre la fraîcheur de la rue.

Cependant Fernande se calmait. L'idée qu'elle ne saurait plus se mêler aux autres, sans entendre des menaces, la rendait songeuse et elle se disait qu'en dépit de Pépé elle était capable de se faire respecter. Les femmes qui travaillaient rue du Faubourg-du-Temple ne la valaient point. Elle les savait soumises à de jeunes rôdeurs qui les persécutaient. A les imaginer, dans le mouvement et la presse du faubourg, avec un chiffon de couleur autour du cou, rien n'était plus lamentable. Aux heures calmes de la journée, elles emplissaient les débits du récit de leurs histoires et, jusqu'au moment où leurs hommes les venaient « sortir » sans égards, elles buvaient petits verres sur petits verres et fumaient d'interminables cigarettes. Certaines, nourries de spleen et de malchance, s'affalaient près d'un piano-manivelle qui leur rabâchait ses musiques. Fernande les connaissait et elles lui rappelaient l'époque encore récente où Jésus-la-Caille, à Montmartre, lui fournissait la preuve qu'il ne l'aimait pas.

L'avait-elle vraiment aimé? et que lui était, aujourd'hui, Pépé-la-Vache à qui elle s'était rendue par lassitude? Elle méritait mieux et il pouvait dormir à ses côtés. Fernande le contempla. Sa maigre figure aux traits tirés, ses courtes moustaches et tout son corps, qu'elle devinait étendu dans le lit, n'avaient plus au repos le moindre caractère. Elle le jugea sans parti pris.

– Je m'en fous! se dit-elle.

Puis elle resta un long moment dans un saisissement singulier, car elle faisait plus que se désintéresser de Pépé-la-Vache. Le souvenir du Corse étreignant la fille, elle soupira. Sa déchéance aussitôt l'assaillit et elle évoqua l'absent tel qu'autrefois, avec son régulier et dur visage, sa bouche muette et son allure de chef. Avait-elle pu l'oublier? A ce point? Hélas!... Elle l'avait trahi, pour Jésus-la-Caille, et de tout cet amour il ne lui restait rien. Mais avec le souvenir de Jésus-la-Caille, Fernande retrouvait Montmartre, ses rues, ses cafés, ses bars de nuit et l'étrange cohue des boulevards. Elle revoyait le bal du Moulin-Rouge, la place Blanche, la foire entre les arbres des avenues et elle cherchait par quel retour elle pourrait arriver à se sentir, comme autrefois, une femme digne de mériter qu'un homme, élu entre tous, la distinguât pour en faire son orgueil et sa joie.

III

Ce n'était pas certes – songeait Fernande – Pépé-la-Vache ni les minces voyous qu'elle rencontrait avec lui, qui pourraient l'aider dans cette tâche. Du premier, elle avait tout à craindre. Des autres? Elle les avait vus dehors vêtus d'une cotte bleue ou de vestons trop courts. Ils n'avaient pas vingt ans. Le soir, ils emplissaient la rue de leur vacarme, et leurs maîtresses, qu'ils giflaient pour s'endurcir, les admiraient. Au surplus, afin d'établir, pour effrayer les filles des impasses, une réputation redoutable, ils se lançaient entre eux des défis qu'ils tiraient au clair, avec leurs lames d'assassins précoces, dans l'obscur dédale des chemins de la butte des Couronnes. Fernande pouvait pourtant compter sur eux. Certains, qui la pourchassaient pour obtenir d'elle un regard bienveillant, le lui avaient dit. Et ils se nommaient en citant leurs exploits. Les plus jeunes parlaient de la bande à laquelle ils appartenaient, et leur misérable fierté avait quelque chose d'attendrissant.

Le soir, quand l'un d'entre eux passait à côté de Fernande, il ôtait sa casquette, saluait la fille, puis partait en sifflant le long des devantures qu'on fermait. Pépé prenait un regard sévère.

– Tu ne voudrais pas? répliquait-elle en riant.

– Méfie-toi, faisait alors Pépé-la-Vache. Ces mômes-là...

– Des terreurs?

– Plus moches que des terreurs, disait-il. Ça buterait père et mère, histoire d'se faire la main.

Fernande ne l'ignorait pas. Elle savait même quels désirs elle éveillait chez eux, car ils étaient maintenant sans cesse à ses trousses. Ils l'avertissaient, quelquefois, dans la rue, de la présence des « bourgeois » qui traquent les filles.

– Barrez-vous, mâme Fernande!... Les v'là!...

Elle leur en savait gré.

– Tiens, môme...

– C'est pas de r'fus...

Et sur un « merci » bien senti, le jeune pisteur allumait une cigarette que Fernande lui donnait et la fumait avec orgueil.

Un après-midi, l'amie de Pépé-la-Vache, s'étant arrêtée devant une devanture de bijoutier de l'avenue Parmentier, un avorton, haut comme trois pommes, lui avait dit :

– Elles sont belles, hein... mâme Fernande!

– Quoi?

– Les pendeloques... c'est du jonc... et les diams!... Mince alors, es'pas qu'ils vous iraient?

Fernande admirait en effet une paire de boucles d'oreilles en brillants, une barrette de rubis et des bagues d'occasion... Elle regarda le personnage. La casquette en arrière, une mince figure pâle aux yeux durs et sérieux, sans chemise, un cache-nez sale autour du cou, son interlocuteur lui parut extraordinaire pour son âge.

– J'm'appelle Loupé, continua-t-il, sans sourire. Voui. L'môme Loupé, et d'mandez-y aux feignants d'la Roquette qui c'est que c'est que mézigue. Pas du charre, ajouta-t-il, en se balançant sur ses petites jambes.

Fernande eut un regard amusé.

– Alors, poursuivit l'avorton... Si les diams vous plaisent...

– Veux-tu te taire!

– Vous frappez pas, mâme Fernande, faisait Loupé en emboîtant le pas à la fille qui reprenait sa marche... On peut vous accompagner?

– Ah! l'môme, plaisantait l'amie de Pépé-la-Vache... Pour culotté...

– Je l'suis, et puis j'voulais vous dire, mâme Fernande, qu'avec les poteaux d'ma bande, si jamais...

Ces paroles, dont la fille se ressouvenait à présent, ne lui étaient d'aucun secours. L'homme qui dormait à côté d'elle la navrait de dégoût; elle attendait qu'il s'éveillât.

*
* *

– Mais? dit Pépé-la-Vache.

– Y a pas de mais, répondit-elle en sautant à bas du lit où, les yeux bouffis et les cheveux ébouriffés, le dormeur cherchait à découvrir la raison de cette scène.

– Et puis, je me barre, ajoutait Fernande.

Pépé la regarda.

– C'est rapport à la copine d'hier soir, avec

qui qu't'en avais, que te v'la en rogne contre moi? émit-il posément.

Elle se tut. Déjà, elle enfilait ses bas et chaussait ses bottines. En chemise, son lourd chignon défait à demi sur la nuque, la fille se dépêchait, car elle avait hâte à présent de fuir Pépé-la-Vache et cette chambre où il l'avait conquise...

– Les mouchards, faisait-elle toutefois, en tirant sur les lacets de ses chaussures... y a rien à dire... j'm'explique pas... Est-ce qu'on peut?...

– On peut pas, reprit Pépé qui ne voulait point se fâcher.

– Oui. On n'peut pas. T'as raison...

Fernande redressa son beau visage, ses épaules fermes et, le pied posé sur une chaise, se cambra sans lâcher les lacets qu'elle tenait. Durement, son regard croisa celui de Pépé-la-Vache, et pendant une seconde elle le brava.

– Que tu dis, renchérit la Vache.

– Oh! poursuivit la fille, tu peux attiger tant que tu voudras. J'ai la preuve à présent, et la Bertha s'est pas gênée. Naturellement, quand on est c'que t'es... on les met, sans l'ouvrir.

– Toi, tu te charges du contraire.

– Ça s'peut.

Pépé poussa un bâillement. Par provocation, il feignit de s'étirer avec paresse, puis, à voix basse, il appela :

– Ma gosse!

– Ça va bien.

– Ma gosse! répéta-t-il tendrement... T'es piquée?

– J'suis plus ta gosse, assura Fernande... Moi! ta femme?...

– T'es pas ma femme?

– Jamais!

Pépé se leva.

– Fernande! dit-il.

Elle le toisa, sans cacher son mépris, et continua de se vêtir.

– Non, jurait-elle entre temps... Sa femme?... C'est crevant... Ah! bon Dieu, où c'est qu'il est, mon homme?...

– En taule, répondit Pépé-la-Vache... et si t'attend jamais après lui pour y r'filer ton pèze, t'as d'quoi faire des économies ou d'prendre un gigolo.

– Il sortira! riposta la fille... va! Il sortira et ce jour-là...

– On verra, bougonna simplement Pépé en fouillant dans une poche de son pantalon d'où il ramena un paquet de cigarettes... Faut pas croire qu'vous remettrez ça, les deux... J'suis là. J'attends. Et puis?

– Mais, il te bouffera!

– Lui?

– Bon!

Elle était prête. Ses cheveux, qu'elle avait simplement tordus et ramenés sur le haut de la tête, la coiffaient admirablement.

– Écoute, Fernande... reprit Pépé-la-Vache. J'me fâche pas... Mais je l'jure, si tu pars, prends garde. On m'voit dans l'sérieux, moi, et celui qui m'connaît, calte. J'te force pas à rester. Seulement, j'te dis...

– Merde! répliqua la fille, et elle s'approcha de la porte, après avoir ramassé sur une chaise son sac de cuir, dans lequel elle avait de l'argent.

– Va! dit-il.

Elle passa devant lui, méprisante et forte de tout ce qui grondait en elle de colère.

– On se r'verra, Fernande! souffla Pépé-la-Vache.

La fille releva le défi.

– On se r'verra, bien sûr! Vrai de vrai je m'dédis pas, accepta-t-elle sans faiblir, et elle descendit l'escalier de l'hôtel, tandis que Pépé-la-Vache refermait la porte de sa chambre et donnait un tour de clef à la serrure.

IV

Il était midi et il pleuvait. Fernande suivit la rue Pierre-Nys, où se trouve l'hôtel qu'elle avait quitté, et remonta jusqu'au boulevard. Elle était étonnée de ce qu'elle venait d'accomplir. Sous l'averse, Belleville étageait les cubes gris de ses constructions dont certaines s'élevaient très haut, dans une falote lumière. Des bouquets d'arbres, sans feuilles, indiquaient les jardins de la rue Piat. De minces cheminées soufflaient à petits coups des jets de fumée blanche. D'autres fumées envahissaient le ciel où le vent les éparpillait. Elles provenaient d'une usine voisine dont on couvrait les feux. Les ouvrières des fabriques de chaussures descendaient par bandes et se répandaient dans des restaurants à la portion où, déjà, tout un monde était attablé.

Fernande n'avait pas faim. La pluie lui frappait doucement le visage et les mains, sans qu'elle en éprouvât de sensation. Elles descendit la rue du Faubourg-du-Temple. Des gens la remontaient hâtivement, et le petit funiculaire sifflait en courant sur ses rails. C'était l'heure où tout ce quartier s'anime d'une activité qui n'a d'égale que celle du soir. Des vendeurs de chansons raclaient leurs violons sous les porches. On se coudoyait. Les parapluies se heurtaient et les gens qui n'en avaient point passaient sous ceux des autres, en se courbant.

– Tiens, mâme Fernande! fit une voix claire.

Elle se retourna.

– Bonjour, dit-elle à Loupé, qui de l'entrée du passage Bouchardy l'avait saluée.

– Où qu'vous allez?

– Là, répondit Fernande sans conviction.

Il s'approcha.

– Et votre homme? demanda-t-il.

La fille baissa la tête.

– Mon homme?

– Mâme Fernande! soyez pas fâchée, poursuivit Loupé avec une soudaine tendresse. Mais les copains...

– Qu'est-ce qu'ils font, les copains?...

– Ils dorment à l'hôtel... Vous ne voulez pas m'emmener avec vous, dites?... Je vous raconterai... et puis, je vous donnerai...

– Quoi?

– Les diams, promit-il avec son regard sérieux.

Elle continua de descendre la rue sans savoir exactement où elle allait. Son but était de rencontrer Bertha. Mais où la trouver à cette heure? Fernande hésita.

– T'as bouffé? s'informa-t-elle auprès du môme qui ne la lâchait pas.

– Non, dit-il doucement. J'ai pas d'pèze... C'est les copains.

– Lesquels?

– Mes pognes, Vingt-Deux, Criquet, La Flemme,

récita tout d'un trait Loupé qui se sentait à l'aise... On a bu, cette nuit... Toute la nuit... Et ils ronflent. Alors, s'pas? J'suis sorti... Et puis, comme on a fait l'coup hier, mon boulot, moi, c'est d'les parer si ça n'allait pas...

– Et... ça va?

– Oui...

Loupé s'était offert une sorte de veston dont les manches trop longues l'empêchaient de mettre commodément ses deux mains dans les poches. Cela lui donnait une tournure singulière, car il marchait, les bras ballants dans les manches où ses petites mains diparaissaient.

– T'es fringué, observa Fernande.

Il branla la tête en silence puis, comme la fille lui proposait de l'accompagner au restaurant, il la suivit et s'attabla devant elle. Loupé savait se tenir.

– J'paye le café, offrit-il au dessert.

– Ici?

– Non. Aux *Trois Boules*. D'abord, j'ai rencart avec les copains... Et puis...

– Mais les diams? dit Fernande.

Loupé sourit bizarrement :

– Vous les voulez tout de suite?

Elle rougit.

– Dehors, proposa-t-il discrètement, parce qu'ici, mâme Fernande... ça serait donner l'truc et s'faire paumer. Regardez donc. Pour des bourres, y a des bourres. Vous l'croyez pas?

– Sortons, fit alors Fernande, et elle appela le garçon.

Cependant, dans la rue, une gêne subite, mêlée d'une vague appréhension, s'emparait de la fille et l'empêchait de renouveler sa demande.

– Les v'là! souffla Loupé.

Il pleuvait toujours. Fernande pressait le pas et quand Loupé lui mit dans la main, tout à trac, les brillants montés en boucles d'oreilles, elle n'osa même pas les regarder. Loupé se taisait. La pluie, très droite, tombait du ciel encombré de nuages.

– Ils sont beaux, affirma Loupé.

– Mince! ajouta la fille. Des mômes pareils, travailler comme ça!

– Planquez-les, mâme Fernande!...

Et Loupé, longeant les murs, parla, car il éprouvait ce besoin mystérieux que connaissent les enfants perdus.

– C'est Mes Pognes, monologuait-il, à côté de Fernande, qui se défendait de l'entendre, qu'est entré le premier. Nous, on espionnait dehors... puis on l'a suivi et on avait chacun son rayon à visiter. Un moment, à la caisse, j'ai bien cru qu'ils s'esquintaient, rapport au pèze. Pet! là d'dans! que j'fais en m'aboulant, et j'ai sorti mon feu, pour qu'ils comprennent... j'suis l'seul à en avoir un... et je le tiens d'un homme, un grand que les flics ont fait tomber, v'là deux piges... un homme! Alors j'leur y ai dit : Mes Pognes et Criquet, continuez... Vingt-Deux, fais les tiroirs... C'est parlé?... Pis toi, La Flemme, occupe-toi des vitrines qu'est dans l'fond.. J'm'arrange sur la d'vanture... Après, on partagera. Y aura chacun sa part, les gars, et pas d'rouspétance, ou l'premier qui la ramènerait, je l'brûle, aussi vrai que j'm'appelle...

Mais ils arrivaient au bar des *Trois Boules* où les compagnons de Loupé l'attendaient devant une collection de petits verres alignés sur le zinc.

– Salut! fit le nouveau compagnon de Fernande...

Le patron lui tendit une énorme main mouillée. Les autres répondirent par le même salut. Après quoi, Loupé, désignant la fille, ajoutait par manière de présentation :

– Madame prend un café et moi aussi. Allons! Ernest, sers-nous ça vivement et vas-y d'une tournée pour la gnole.

Fernande s'assit à une petite table d'où elle découvrait le boulevard, les maisons et le ciel. Quelquefois un taxi suivait le trottoir. Des passants allaient sous la pluie et, dans le bar, à demi-mots, Loupé, qu'entouraient ses petits camarades, expédiait l'affaire. Il était étonnant de décision. Ernest lui-même, qui servait de recéleur à la bande, n'y aurait rien compris s'il avait eu tant soit peu l'oreille dure. Enfin tout le monde fut d'accord, et, du butin qu'on se partagea, froidement, sur le comptoir, Ernest eut sa part; puis les tournées de calvados, dont chacun réglait la sienne, se succédèrent jusqu'au milieu de l'après-midi. Le boulevard était à peu près désert. Fernande regardait l'asphalte ruisselant et Loupé vint s'installer à côté d'elle. Il lui prit la main.

– Quoi qu'vous avez? demanda-t-il.

Elle eut un geste vague.

– Mâme Fernande?...

– Oh! dit-elle, ça se tassera... C'est rien... Y a que c'fumier de temps qu'on peut pas sortir.

– J'paye à dîner, c'soir, proposa Loupé.

Elle ne répondit pas. Dans ses yeux qu'emplissait un ennui indéfinissable, Loupé plongea les siens et il demeura un long moment ainsi, cependant que Mes Pognes, Criquet, La Flemme et Vingt-Deux quittaient le bar et se séparaient sous la pluie.

– J'vous filerais bien un imperméable, dit Ernest, en faisant glisser de son doigt une bague dont il regardait la monture... Une véritable occasion, vingt balles!... et il cligna de l'œil à Loupé qui lui fit signe de l'apporter.

– R'gardez-moi ça, commençait-il... Tout soie, Madame, et neuf... dites... en état d'neuf, ainsi parler. Il vous ira bien et puis c'est un bon... il vous f'ra de l'usage.

Loupé lui donna un louis.

– Essayez-le, mâme Fernande, ajouta le patron du bar... y a une ceinture, c'est bien un caoutchouc de femme.

Elle le mit. Il lui allait tout à fait.

– Mais je l'paye, affirma-t-elle.

– Un autre jour, dit Loupé.

Fernande n'insista pas. Ernest « remit » une tournée de vieux marc pour fignoler l'affaire et, quand ce fut fait, la fille et le jeune voyou prirent congé du patron et se dirigèrent, par le boulevard de Belleville, vers d'autres bars où, jusqu'à la tombée de la nuit, ils demeurèrent sans parler beaucoup, assis l'un près de l'autre.

La fille songeait au Corse et à la date encore lointaine à laquelle il la rejoindrait. On était en octobre. Hélas! sur les dix-huit mois qu'il avait à demeurer prisonnier, loin d'elle, onze à peine venaient de s'écouler et ces onze mois avaient suffi à Fernande pour la rendre à tout jamais indigne de lui. Cela surtout la désespérait, car à présent qu'elle revenait au besoin qu'elles ont toutes d'être dirigées et conseillées par un homme, celui dont elle était privée lui semblait mériter tout son amour.

Et puis, par cette fade fin de journée pluvieuse, l'idée de la prison avait quelque chose d'atroce. Fernande ne put s'empêcher de le dire. Loupé la comprenait.

– Tenez, expliqua-t-il, l'homme qui m'a donné son feu, v'là deux ans, lui, qu'il en prend à Fresnes... Hein! le pauvre gars! Et il s'appelait Fifi... Vous l'connaissiez pas?... Mais sa femme, mâme Fernande, c'est la Bertha, une môme qu'en a dans l'bide... A la voir...

– Bertha?

– Allons! vous savez bien de qui que j'parle. Moi, la Bertha c'est comme ma frangine, on s'cause toujours avec amitié.

– Une petite?...

– Pas si grande que vous...

– J'la connais, affirma Fernande.

– Eh bien, c'était son homme, Fifi, un beau, un frisé, pas chiqueur. D'ailleurs elle a d'qui tenir et, quand faut qu'elle marne, elle marne. Mais malheur aux donneurs avec elle... Elle les sent et elle est terrible... C'est une femme...

– J'm'ai arrangée avec elle, déclara lentement Fernande.

– Vous?

– Hier au soir... Alors, l'môme, j'voudrais bien

la r'voir, cause que ça me ferait plaisir d'm'expliquer.

Loupé se gratta le derrière de la tête :

– Vous battre avec la Bertha?

Fernande riposta :

– J'suis pas bonne à m'battre?

– J'veux pas voir ça, assura Loupé vivement. Ah! non... Faites comme vous voudrez, mâme Fernande. Mais moi...

– Où qu'elle est, de c'tte flotte?

Loupé se détourna.

– J'en sais rien, répliqua-t-il à voix basse... Rien de rien...

– Loupé?

– Mais non. C'est impossible... Vous battre! Tenez, j'aimerais mieux l'faire pour vous... Elle est vache, la Bertha, mâme Fernande, et au bal où qu'elle va tous les soirs, y a pas un homme qui donnerait pas son rouge pour elle.

– Quel bal?

– Rue Dénoyez.

Fernande et Loupé se dévisagèrent, puis leur conversation reprit avec une sorte de gêne que l'arrivée soudaine de Bertha, dans le bar où ils parlaient d'elle, fit tomber brusquement.

Fernande s'était levée. L'autre, surprise, la regardait et, du comptoir où elle s'accoudait, parut extraordinairement pâle.

– Bertha! s'exclamait le gamin.

Elle ne répondit point.

– J'ai à te parler, dit Fernande.

– Ici?

– Dehors...

– On y va, répliqua la fille, et elle avala d'un trait le petit verre de marc qu'on lui avait servi.

Loupé sortit sur leurs pas. Le boulevard, avec son ciel noir où roulaient des vapeurs, son ombre épaisse que traversaient des lumières et que d'autres, immobiles, ponctuaient, s'ouvrait devant eux. Il ne pleuvait plus. Un petit vent froid faisait courir sur les trottoirs brillants des ondes rapides et de grandes rides circulaires qui se nouaient, se dénouaient.

– Bertha! murmurait le gamin... mâme Fernande! faites pas ça... Non... faites pas ça... vaudrait mieux qu'vous soyez d'accord les deux, au lieu de...

– Conduis-nous, ordonna Fernande, et elle ajouta... Maintenant qu'on est seules, madame ira peut-être moins fort qu'hier soir...

Bertha se contenta de rire.

– Quelle affaire! gémissait le môme.

Il prit tout de suite à gauche, dans une rue.

– C'est encore loin? demandait Fernande.

– Rapport? ricana Bertha.

Loupé n'eut pas le temps de s'exclamer... Sans

un mot, les deux filles se ruaient l'une sur l'autre et Fernande, la première, portait à la femme de Fifi un grand coup dans le ventre.

– Salope! râla celle-ci.

Un type en casquette observa :

– Au ramponneau! dame, c'est la rue!

– Vache!

– Ahan! fit Bertha.

Fernande encaissa et, de nouveau, frappa. On entendit son poing taper dans la figure de son adversaire. Et comme elle était la plus grande, cela la favorisait.

– A cognent comme des mecs, admirait le type en casquette... Oh! là! là! qu'est-ce qu'elle y passe, la grande!

En effet, Fernande accrochait la fille avec ses ongles et tentait de la faire tomber. Elles roulèrent ensemble sur le trottoir. Elles ne criaient pas. C'était une belle bataille où Fernande avait tout l'avantage. Ses cheveux cependant lui tombaient sur les yeux et l'empêchaient de voir où elle portait ses coups. Bertha lui labourait la joue droite de ses griffes. Fernande mordit. Les deux corps s'étreignirent davantage, mais enfin la grande parvenait à enfourcher l'autre et à la maintenir sous elle avec ses genoux. Sa robe remontée laissa voir le haut d'un bas noir et la naissance de la cuisse. Elle s'acharna. Le visage en arrière, afin d'éviter les coups d'ongles, cambrée dans un mouvement d'une étonnante allure, Fernande bourrait de ses deux poings Bertha dont la bouche tordue de colère saignait. Elle la frappait sur les yeux, sur le nez, partout où le plaisir d'écraser l'insulte d'un regard ou d'un rire de souffrance est grand pour une femme.

– Ah! ah! ah!... oh!... fumier... putain! putain! putain! sanglotait la malheureuse.

Fernande répliquait :

– Bourrique!... ah!... elle l'a dit... elle a dit bourrique... J'te l'arrange ta gueule, saloperie!... ta sale gueule... Oui, crie... tu peux crier... Moi? Moi? bourrique... Tiens, garce!...

Loupé, ayant éteint le réverbère du coin pour que la scène se passât sans esclandre, était atterré. Devant lui, les deux femmes se déchiraient.

– Mâme Fernande! supplia-t-il... Laissez-la... Mâme Fernande! Mâme Fernande!

– Non!

Et, sans arrêt, la fille portait à Bertha, qu'elle tenait sous elle, de grands coups sourds qui faisaient sonner sa tête sur le trottoir.

Le type en casquette s'était éclipsé. Il n'y avait personne... Quelques ombres traversaient la nuit où le vent, qui devenait plus fort, arrachait, avec de larges battements qui claquaient contre le mur, un lambeau d'affiche déchirée.

– A crai! fit soudain le môme.

En effet, du boulevard débouchait un « bourgeois » que Loupé reconnaissait à la silhouette.

Il toucha l'épaule de Fernande.

– Les v'là, souffla-t-il vivement et, se collant à la façade, il tenta de remonter la rue et de s'échapper. Mais, du débit qui forme l'angle des rues Ramponneau et Dénoyez, sortit au même instant un autre individu.

– On est fait, constata le môme, et il prit sa course en silence.

Pépé-la-Vache, qu'il n'avait point remarqué, mêlé à l'ombre derrière lui, le fit rouler par terre d'un croc-en-jambe. Loupé n'eut pas le temps de s'y retrouver. La Vache se jetait sur lui, le fouillait, prenait son revolver et le mince couteau à cran d'arrêt qu'il avait dans ses poches, puis il le fit se lever et descendre avec lui vers les femmes que deux hommes en chapeau melon séparaient et retenaient.

– Oh! dit Fernande, en reconnaissant Pépé-la-Vache.

Bertha, ensanglantée, eut un rire éreinté.

– Toi! Toi! clamait Fernande.

On la fit taire et, dans la rue qui, subitement, s'emplissait de curieux, les deux femmes et Loupé durent accompagner, dans la direction du poste de police, les agents des mœurs dont les faces épaisses ne trahissaient aucun écœurement.

V

– Ce sac?

– C'est le mien, reconnut Bertha.

Pépé poursuivit :

– L'autre est par conséquent...

– A moi, déclara Fernande.

On ramenait des poches de Loupé un bracelet en titre fixe, deux bagues et un porte-allumettes en argent.

– C'est bien ça, chuchotait à l'oreille de la Vache un de ses acolytes.

Bertha attendait en silence.

– Ajoutez ceci, fit Pépé-la-Vache, en déposant, sur la table noire du poste, le revolver et la lame de Loupé... Bien... Maintenant, les sacs!

Fernande eut un léger serrement de cœur. Son sac contenait en effet les boucles d'oreilles que Loupé lui avait données. On l'ouvrit devant elle et on en fit tomber sur la table le contenu. Les boucles d'oreilles n'y étaient pas.

– L'autre! ordonnait la Vache.

– De quoi? s'étonna Fernande.

Bertha dit :

– Nature... des pend'loques que j'ai jamais tant vues... on les a mises pendant le chemin. C'est pas à moi.

Fernande voulut parler.

– Ça va bien, fit un agent... qu'est-ce qu'on vous demande?

– Mais...

Comme les boucles d'oreilles étaient tombées du sac de Bertha, Pépé-la-Vache plaça son mot :

– Oh! pas d'histoire, affirma-t-il. L'affaire est entendue. Les boucles d'oreilles sont à madame (il désignait Bertha) et il faudra bien qu'elle nous dise qui les lui a remises. Un peu d'silence, n'est-ce pas? D'abord, vous, ce n'est pas une raison, parce que je vous connais...

– J'vous connais pas, répliqua Fernande.

Pépé pâlit légèrement.

Bertha essuyait de la manche son visage sanglant et tuméfié.

– Eh! Loupé, prononça-t-elle ensuite, pas la peine de s'frapper... C'est un coup de madame et d'son homme. On est bons.

Sa voix dure résonna dans le silence de la salle du poste aux murs de plâtre. Au-dessus de la table, un bec de gaz brûlait, sous un rond abat-jour de papier vert. Il y avait deux bancs. Près de la porte aux vitres grillagées, un agent se tenait debout. D'autres entouraient les deux filles et Loupé.

– Allons! commanda l'un d'eux.

Il s'empara d'un sous-main noir de toile cirée, l'ouvrit et, s'adressant en premier à Loupé, écrivit sous sa dictée le nom, le prénom, l'âge et l'adresse du prévenu.

– Sans profession?

– Sans.

– Par ici, dit un agent, en remuant des clefs.

Loupé le suivit.

– Et vous, madame?

Bertha s'approcha de la table.

– Bertha, Marie, Annette Ducourret.

– Agée de?

– Vingt-six ans...

On la fit ensuite passer dans une autre salle et, Fernande resta seule, au milieu des agents qui ne lui demandaient rien.

– Je m'appelle... crut-elle devoir déposer.

– Vous pouvez aller, assura Pépé-la-Vache. Nous n'avons plus besoin de vous...

– Quoi?

– Foutez-moi le camp!

Un agent plaisanta :

– C'est toujours la même chose... Celles qui peuvent démarrer sont les plus enragées...

– Pépé! dit Fernande.

– Certainement, répondit-il... Seulement...

– Vendu!

– Oui, madame!

Il se croyait très fort. Fernande ramassa son sac. Elle l'emplit des divers objets qui lui appartenaient, étalés sur la table, et regarda Pépé-la-Vache avec une telle expression de haine qu'il dut donner ordre de la mettre dehors, sans recommander à personne de ces messieurs d'user envers elle de la moindre attention.

*

* *

Elle était folle de colère et de rage, mais à l'hôtel de la rue Pierre-Nys, où elle se rendit, le patron lui apprit que Pépé-la-Vache avait donné congé le matin même, après son départ. Fernande regagna le boulevard. Il pouvait être neuf heures du soir et, dans les cafés et la grande brasserie qui se trouve au coin de la rue du Faubourg-du-Temple, des gens buvaient et jouaient aux cartes, comme s'il ne s'était rien passé. La fille aurait voulu crier tout haut sa haine de la police. Elle aurait voulu mettre au courant ces inconnus de l'innommable action de Pépé-la-Vache et se justifier – par une sorte de confession publique – du silence qu'elle avait gardé, dans la crainte de compromettre Loupé et ses complices. Que pouvait-elle faire à présent? La honte dont elle se trouvait couverte l'accablait et elle ne savait que le reconnaître, avec une affreuse tristesse.

Quelqu'un lui dit :

– Allez-vous-en, ça vaudra mieux.

Elle se retourna :

– Qui êtes-vous? demanda-t-elle.

– Je vous conseille de partir, ajouta l'homme qui lui avait parlé.

– C'est bien, reprit-elle simplement.

Les agents écumaient le boulevard et, Fernande les voyant partout, une terreur soudaine s'empara d'elle. La fille céda la place. Elle descendit dans le métro. Sa jupe maculée de boue, ses cheveux, qu'elle avait en hâte recoiffés au poste, lui donnaient une apparence étrange. Le métro l'emporta. Debout dans un compartiment, Fernande vit surgir du sol, derrière des grilles, le canal Saint-Martin, des rues et des avenues qu'elle reconnaissait, la gare de l'Est, la gare du Nord dans des lumières mouillées et frémissantes, puis elle arriva à la station de la place Blanche et descendit. Une fièvre qu'elle n'avait jamais éprouvée la menait. Des fiacres et des taxis traversaient la chaussée. Il y avait beaucoup de monde dehors. Fernande huma l'air de la nuit et il lui parut imprégné d'une douceur particulière.

– Mon Dieu! mon Dieu! gémit-elle.

Sous les platanes dépouillés du boulevard de Clichy, qu'elle avait tant de fois arpenté, elle découvrait des visages dont la mémoire ne lui avait pas tout à fait échappé. Là-bas, une grande lueur, mêlée à des reflets qui montaient des trottoirs, indiquait la place Pigalle. Fernande crut rêver. Longuement, elle regarda la lueur attirante qui éblouissait le ciel sombre et les façades des maisons voisines. Le cœur lui battit dans la gorge, ses jambes mollissaient et tout ce qui l'entourait lui paraissait miraculeusement paré du souvenir des jours lointains. Il n'y avait rien de changé. Des filles s'en allaient doucement sous les arbres; d'autres marchaient en sens inverse et de tout jeunes gens, aux fines chaussettes de soie et aux feutres tendrement fendus sur le milieu, évoluaient avec une discrète impudeur parmi les promeneuses. Fernande demeurait immobile. Pour elle, que l'image du Corse hantait tragiquement, lorsqu'elle s'y abandonnait, ce spectacle était presque fait d'illusions. Et de quelles savoureuses illusions! Des nuits semblables à celle-ci, le même ciel, l'odeur qui s'élevait du sol avec un émouvant rappel d'autrefois, ces arbres, ces passants, ce calme mouvement encombré du quartier, tout s'unissait pour la convaincre de son nouveau bonheur.

Pourtant, Fernande gravit la rue Lepic et l'habitude qu'elle retrouvait la conduisait au *National* où Gustave, le garçon, la reconnut.

– Madame Fernande! s'exclama-t-il. Mince, alors. Y a une paye qu'on vous avait vue!...

Elle commanda sans lui fournir d'explications :

– Ça s'ra un vieux marc... Gustave!

– Ah! Ah! Ah! Madame Fernande!

A leur table, elle découvrit le Lucre, Albert-le-Tondu, Flicot, la Bataille et elle échangea sobrement avec eux, un regard...

Elle sortit du bar après avoir vidé son verre. Il lui semblait que tout lui échappait brusquement. Comme cela s'était vite accompli! Sa jupe souillée de boue la gênait pour marcher. Elle voyait la rue grise et luisante, le ciel roux au-dessus et toute son illusion tombait. Des hommes qu'elle avait connus par leur prénom disaient : « Tiens, v'là Fernande! » Ils ne s'arrêtaient pas pour lui parler et elle n'était pas curieuse de ce qu'ils avaient pu faire, durant son absence. C'était comme si elle les avait vus hier. Elle descendait la rue à côté d'eux sans trouver leur nom, ni se sentir poussée à les saluer d'un mot quelconque qu'elle avait naturellement autrefois sur les lèvres quand elle les rencontrait. Des femmes se retournaient derrière elle. Un gigolo la considérait en silence... Alors le sentiment soudain de sa déchéance s'empara de Fernande avec une violence extraordinaire. Elle se retourna du côté du gigolo, et, sans préambule, elle lui demanda s'il savait où pouvait être Jésus-la-Caille.

VI

C'était lui! C'était elle! Un trouble inexprimable la gagnait et Jésus-la-Caille ne sachant que dire, regardait Fernande avec un mince sourire. Autour d'eux, sous les arbres secs du boulevard de Clichy des ombres se profilaient.

– Restons pas là, murmura la fille.

– Mais où aller?

Elle fit un geste indifférent, en désignant un des nombreux bars qui bordent les trottoirs.

– La Caille! disait Fernande...

– T'es revenue..., répondait-il.

– Oui.

– Et Pépé?

– Ah! soupira la fille... celui-là, quel fumier!

– Dame!...

– J'aurais dû t'écouter, reconnut-elle à voix basse et elle ajouta tristement : Ça t'fait plaisir de me revoir?

– Beaucoup, Fernande.

– Et moi? Tu ne sais pas. Non. Tu peux pas savoir. J'ai plus la tête à moi ni rien. Regarde, comme je suis mise.

– Il t'a battue? demanda Jésus-la-Caille.

– C'est pas lui. C'est une femme avec qui j'm'ai arrangée... La Bertha... on s'est expliquées, à Belleville...

La Caille dévisageait Fernande comme un être extraordinaire. Pour lui, qui n'avait pas quitté Montmartre où il vivait dans les plaisirs, il n'imaginait pas qu'on pût trouver ailleurs d'intérêt ni d'occupations. Fernande le dépassait et, s'il rencontrait dans son regard le même feu que naguère, il se demandait pourquoi la fille ne ressemblait pas à toutes celles qu'il avait coutume de confondre dans un égal dédain.

– A Belleville! s'étonna-t-il avec innocence.

– Oui, dit Fernande. Et toi?

– Oh! moi, j'suis pas libre, assura-t-il... J'démarre pas d'ici. Tu sais. J'ai repris et j'ai pas à me plaindre.

– Ah! remarqua Fernande.

Il poursuivit :

– D'abord, où que je s'rais allé? Où? Et puis, Bambou va sortir de taule. On l'attend. Son frangin la Puce le voit toutes les semaines. J'm'ai arrangé avec la Puce. Voilà tout. Autrement, qu'est-ce que tu crois qu'on peut faire?

– Rien, répondit la fille. Moi, j'suis revenue à cause qu'avec la Vache, la vie n'est plus possible. J'vais rester ici, maintenant et attendre...

– Qu'il revienne?

– Qui donc?

– Mais... la Vache!

Fernande eut un sourire désabusé.

– Il reviendrait, fit-elle avec dégoût, que jamais plus...

– Pourquoi? dit vivement Jésus-la-Caille.

Il était sincère dans la surprise qu'il manifestait et sa bouche, dessinée au carmin dans son pâle et joli visage, eut une moue complaisante.

Fernande reprit:

– T'as pas changé, la Caille... Je l'vois bien. Alors qu'est-ce que j'vais devenir?

– La Messaline est morte, trouva-t-il pour détourner la conversation du cours qu'elle allait prendre.

La fille ne répondit pas. Simplement, elle baissa la tête et regarda la pointe de ses chaussures. Jésus-la-Caille se taisait.

– On va boire? demanda-t-elle après un moment de silence.

– Pas maintenant, fit-il gêné. La Puce va rappliquer. Il est onze heures. Mais si tu veux me dire l'hôtel où qu't'es, j'promets d'aller te voir, des fois... l'après-midi...

La fille indiqua le bas de la rue Lepic, à gauche. C'était l'hôtel où elle habitait avec le Corse, et Jésus-la-Caille se dandina.

– Au même, reconnut-il.

– Oui, j'vais reprendre la carrée où que j'étais et puis... ah! quel malheur, dis, môme, que tout ça soye arrivé.

– ...

– Bien sûr, Bambou... Mais l'Corse, prononça-t-elle avec lenteur, c'était un homme, la Caille, et j'ai beau chercher le pareil. C'est inutile. Alors je pense que c'est à cause de moi que la Vache l'a faisandé dans leur combine.

– Il sortira, Fernande.

– Des fois! répliqua-t-elle amèrement.

Jésus-la-Caille domina la sorte d'attendrissement qui s'emparait de lui.

– Une môme comme toi!

– J'suis plus rien, dit Fernande... Rien du tout. Je l'sais et même que je m'demande, des jours, quelle femme que j'ai pu être pour donner mon homme.

Il comprit l'allusion.

– C'est la vie! fit-il sans insister.

– Quelle vie! reprit-elle. Ah! môme, je l'jure, si mon homme devait pas sortir et s'venger...

– Se venger?

Elle soupira.

– Pas d'toi, la Caille. Toi, qu'es't'as fait? Il y a que d'ma faute, là-dedans, et d'la faute à Pépé-la-Vache.

Il se sentit à l'aise.

– Celui-là, reprit-il... Oui, ça sera bien que l'Corse...

– Il le butera, va, sois tranquille.

– Mais, la Vache va rappliquer, observa Jésus-la-Caille, au bout d'une seconde...

Fernande se secoua.

– Qu'il vienne, affirma-t-elle durement. J'l'ai assez vu et ici j'suis la femme du Corse pour tout l'monde. Il me trouvera, s'il vient.

– Et s'il nous voit les deux? s'alarma Jésus-la-Caille.

La fille releva la tête et lut, dans le regard du blond adolescent, la même frayeur que jadis, alors qu'entraîné dans l'obscure machination du Corse, il tremblait à côté d'elle.

– Mon Jésus! murmura-t-elle.

Il s'écarta légèrement.

– T'as les foies? s'étonna Fernande. Ah! mince... mais de quoi t'aurais peur, puisque j'suis là et qu'maintenant...

– Les bourres... souffla Jésus-la-Caille. Tu n'sais pas? Y en a jamais tant eu et, pour nous, c'est tout l'temps qu'on nous monte des sales coups. Moi, n'est-ce pas? je m'tiens peinard. Je n'sors plus. J'me gare. Mais il ne faudrait qu'une fois pour me faire poisser.

– Alors adieu! dit Fernande.

– Adieu! répéta la Caille.

Il ôta sa casquette pour passer la main dans ses cheveux et les faire adroitement bouffer puis, sur le boulevard que peuplait un monde équivoque, il s'en alla très vite, cependant que Fernande immobile le regardait partir et le voyait, avec détresse, gagner le célèbre bar de *la Palme*.

Les jours qui suivirent aidèrent cependant la fille à prendre le dessus. Elle se levait tard le matin et, durant tout l'après-midi, descendait dans les bars du boulevard de Clichy où des filles, qu'elle retrouvait au point où elle les avait laissées, la mettaient au courant des scandales. La Vache ne se montrait point. Fernande ne voyait pas non plus Jésus-la-Caille, et les pâles truqueurs, à qui elle s'adressait parfois, ne lui fournissaient que de très vagues renseignements.

– Tu comprends? avait dit la Caille aux « copains ».

Ils observaient la consigne, et Fernande, qui s'éveillait chaque jour dans la chambre où elle avait habité jadis avec le Corse, trouvait qu'un immense souvenir emplissait cette chambre d'hôtel. La commode, la glace, le lit, la table à toilette devenaient pour Fernande les objets destinés au seul usage du Corse, comme elle l'était aussi et il lui semblait que l'avenir s'arrangerait sur les projets qu'elle en formait. N'avait-elle pas trouvé, dans un placard, les cartes dont elle se servait? Elle voyait là comme un signe providentiel et le soir, avant de se coucher, ne manquait pas d'interroger ces cartes qui l'avaient jadis instruite dans le désir coupable de Jésus-la-Caille. Il revenait parfois, mais c'était par méprise, car le roi de carreau, qui figurait pour elle l'absent dont le culte la rachetait, avait raison de toutes les complications et des plus basses intrigues.

Néanmoins, le temps qui la séparait encore de la sortie de prison du Corse lui paraissait interminable. Elle comptait les mois et cela n'était pas fait pour lui donner le courage de retourner, comme elle le disait, « à l'atelier », le lendemain.

Ses compagnes s'en apercevaient.

– Qu'est-ce que t'as, Fernande? lui demandait Kiki la rouquine. Tu vas nous fout' la poisse avec ta gueule de faire-part.

Elle souriait péniblement.

– Tu t'en fais? s'étonnait une autre, qu'on surnommait la Boule.

– Je n'm'en fais pas, répondait-elle les yeux perdus dans des visions. Et puis, ça me regarde, n'est-ce pas?

– Pour des cartes? s'étonnait Fesse-de-Rat, une troisième.

– Oui.

Elle secouait les épaules. Fernande reprenait :

– Tu l'as pourtant connu, toi, la Boule, cette grande vache!

– Pépé?

– Quel fumier! déclarait sérieusement Kiki la

rouquine. Et mariolle. Tiens! J'parle de Marie-la-Thune, une femme qu'a disparu, on peut pas savoir... Elle était avec lui. Alors...

– Et la Mélie?

– Elle aussi. Dame, pourquoi qu'elles tombaient dans ses cordes?

– Y en a pas, observait la Boule, après une minute de réflexion, pas une que je sache à qui ce mec-là n'ait pas porté malheur. Et les hommes laissaient faire... Ah! les hommes, vrai! pourvu qu'on touche pas à leur boulot, ils laissent toujours faire. Pas d'histoires, que fait l'mien, quand j'y cause de c'qu'on voit, des fois, entre nous. Pas d'histoires!

– Bien sûr.

Fernande disait alors avec une sorte de fierté malheureuse :

– C'est c'qui a perdu le mien de s'occuper du contraire... et c'est dur d'y penser, rapport qu'un homme comme le Corse, il était là... pas vrai?

– Et Pépé, s'informait Kiki la rouquine, l'a fait tomber?

– Nature!... Ah! celui-là, j'voudrais... déclarait Fernande découragée... Je le promets. Ça s'passera pas comme ça.

La Boule se mettait à rire.

– Pourquoi, demandait-elle ensuite perfidement, t'es-tu donc mise avec Jésus-la-Caille?

Fernande la regardait.

– C'est vrai, prononçait-elle. Pourquoi? Est-ce que j'savais?... Est-ce qu'on sait? Je ne l'comprends plus, aujourd'hui, ah! la Caille...

Elle se passait la main sur le visage et se perdait dans une légère rêverie.

Jésus-la-Caille ne la tourmentait plus et, cependant, il n'était pas indifférent à Fernande de s'occuper encore de ce qu'il devenait, car il n'avait pas pour elle que l'attrait de son vice. Fernande, comme toutes celles de son milieu, pouvait s'étonner d'avoir eu tant de « goût » pour lui. Elle n'avait pas le courage d'examiner les raisons de cet amour. En effet, il n'était pas qu'un gigolo fardé. Et l'amour importe peu. Mais, à Montmartre, où les hommes se partagent en deux catégories distinctes, Jésus-la-Caille tenait à la fois des deux types et il profitait d'un mystérieux pouvoir dont se défendent mal d'habitude les filles qui se voyaient en lui. Cela faisait son charme, un charme étrange, d'une confusion douloureuse. Un charme ignoble... Et jusqu'à l'atroce – et presque littérale – copie des femmes, tout aidait au prestige qu'il prenait aussitôt sur celles qui ne s'en défendaient point.

Fernande le savait et jamais elle n'en éprouvait plus amèrement la certitude que parmi ses compagnes. A l'accent méprisant qu'elles avaient, quand il leur arrivait de parler entre elles de la Caille ou de ses amis, la fille entendait qu'elles mentaient. Elle-même avait jadis tenté de résister à ce qui l'attirait vers lui. Elle s'y était usée et, peut-être, était-ce pour cela qu'elle pouvait aujourd'hui parler de l'adolescent, que la Boule lui reprochait, avec un naturel qui les révoltait toutes.

– Y a pas d'quoi rire!... s'étonnait Fernande.

– Allons, ripostait Kiki la rouquine. Moi, n'est-ce pas, j'm'en fous. Tu ne viens pas?

Elle se levait de la table où, chaque après-midi, ces dames s'installaient jusqu'à l'heure où il convient de sortir. La Boule et Fesse-de-Rat l'imitèrent.

– Tu viens? insistait cette dernière qui était la plus douce.

Fernande avait le temps. Elle les laissait partir, commandait un nouvel alcool et, par la vitre embuée du bar, regardait avec un médiocre intérêt les becs de gaz s'allumer, dehors, un par un.

Elle ne sortait jamais avant la nuit. La nuit venait vite avec les premiers froids qui emplissaient les rues et faisaient, dès cinq heures, flotter entre les arbres un petit brouillard flou. Fernande prenait la direction de la place Pigalle, jusqu'à la station d'autobus qui borde le trottoir. Elle revenait ensuite, sans se presser, traversait la place Blanche. A l'Hippodrome, elle s'arrêtait un instant, flairant la chance, retournait sur ses pas et il lui arrivait presque toujours de n'avoir pas à faire deux fois de suite le même trajet. Elle fredonnait, en marchant, un doux air de romance dont elle ignorait les paroles. Ses regards fouillaient l'ombre. Un homme s'approchait et l'accompagnait. Elle faisait son prix. L'homme la suivait ensuite dans une des maisons des impasses... puis ils se séparaient et la fille se disait qu'au cinquième elle en aurait assez. Cela la menait jusqu'au dîner... Quelquefois, elle devait sortir après neuf heures, par exemple, quand il avait plu de cinq à huit. Mais elle n'y tenait guère et préférait « s'occuper » davantage le lendemain, car elle avait toujours assez d'argent pour attendre sans se donner trop de mal, deux ou trois jours, ou quatre, s'il le fallait.

En cheveux, vêtue du long imperméable qu'elle tenait de Loupé, Fernande passait donc sous les arbres du boulevard et elle n'avait pas l'air de mendier, comme certaines, qu'on la préférât à d'autres. Ils venaient bien tout seuls et elle était sûre d'obtenir d'eux quelques francs de plus sur la somme qu'elle avait fixée, car elle savait s'y prendre. Sous son imperméable, qu'une ceinture serrait à la taille, on la devinait souple et cambrée. Ses chaussures lui moulaient si bien le haut de la jambe que, lorsqu'elle ôtait sa jupe et son corsage où ses seins étaient libres, elle s'offrait dans un déshabillé qui rappelait celui de certaines maisons où les bottines ont tant d'attrait. Mais la fille différait des femmes qu'on trouve là, en ceci qu'elle savait être moins complaisante et moins avilie. La part du hasard avait plus de prix avec Fernande. Hasard de la chambre, de la lampe et du feu. C'était souvent une pièce étroite et triste. La lampe n'avait pas d'abat-jour et le feu de charbon, qui rougeoyait l'âtre, répandait une odeur fétide.

– Donne trois francs, annonçait-elle, pour la piaule.

Et le souvenir lui venait ensuite du bizarre éclairage de la lampe sur le papier des murs, sur la glace ou le plafond, cependant qu'elle ne prenait pas même la peine d'apporter un intérêt quelconque aux gestes qu'elle accomplissait.

VII

Ce soir-là, – comme il avait plu depuis plusieurs jours – Fernande était encore dehors après minuit.

– Y a quéque chose, se disait-elle.

Pour la septième fois, elle refaisait le parcours, de l'Hippodrome à la place Pigalle, et elle avait beau croiser sur son chemin des passants dont le regard cherchait le sien, ils ne se décidaient pas. Cependant d'autres femmes, qui se contentaient d'ordinaire de recettes dérisoires, semblaient ne pas perdre leur temps. Fernande n'y comprenait rien.

– Sûrement, reprit-elle en soi-même, c'est la poisse... et, quand la poisse s'y met...

Le vent soufflant par intervalles balayait, en grinçant dans le haut des toitures, un ciel bas dont il déchirait les brouillards. Tantôt blancs, tantôt gris ou bien roux à cause des lumières qui luttaient avec eux, les brouillards tournoyaient entre les maisons comme une écume profonde, et l'odeur dont ils imprégnaient l'atmosphère avait un goût fade et pourri d'espace.

– Hé! Fernande! appela une fille qui rentrait.

Elle ne répondit pas.

– Alors, fit une autre... non? T'es en veine?

– Oh! dit-elle machinalement, en poursuivant sa route... pas tout à fait... Ce soir, la veine et moi...

Fesse-de-Rat survint.

– Ça ne va pas? demanda-t-elle.

– Non, répliqua Fernande avec simplicité. La chance tourne... C'est tout de même marrant, cause que ça m'arrive pas souvent de passer à travers.

Elle s'arrêta sous un bec de gaz dont l'éclat jaune fit sortir de la nuit son troublant et sérieux visage. Fesse-de-Rat s'approcha.

– Et l'type qu'était derrière toi, qu'est-ce que c'est?

– Un type?

– Tu l'as pas vu? s'étonnait la fille sans la croire... Un sale mec... Il t'a pas lâchée... j'savais pas comment t'avertir. Sans blague, tu l'as pas vu?

Fernande se retourna et chercha brusquement à scruter l'ombre où de vagues silhouettes se perdaient. Elle s'écarta du bec de gaz : la lumière l'empêchait de voir.

Fesse-de-Rat reprenait :

– J'croyais que tu l'savais... Il porte un chapeau mou et un chandail... C'est de derrière les arbres ou bien le long des d'vantures qu'il s'balade... et y a pas d'autre femme que toi qu'il a visée pendant toute la soirée.

– Ah! répéta Fernande intriguée... Un chandail? et un mou?... T'es bien sûre? Parce que, des fois, ajouta-t-elle, un mec de c'genre-là, ça ne peut être...

Elle n'acheva pas sa phrase et frissonna.

– Fait pas chaud, constatait Fesse-de-Rat.

Mais Fernande pensait à Pépé-la-Vache et elle éprouvait un malaise dont elle ne parvenait pas à se défaire.

– C'est donc ça, prononça-t-elle d'une voix sourde... Il sera revenu!

– Qui?

– Non, rien... des idées que j'me fais, déclara Fernande.

Sous le vent, la flamme nue des réverbères se couchait et se débattait. On entendait les arbres se plaindre. Le ciel livide courait au-dessus d'eux.

Fesse-de-Rat battait la semelle sur le trottoir et son manteau, qu'elle tenait à deux mains, croisé devant sa figure où le rouge dessinait des plaques rondes, flottait par moments autour d'elle. L'imperméable de Fernande s'envolait aussi. Les rafales de vent devenaient plus fréquentes et, pendant une ou deux minutes, il se mit à pleuvoir.

– Quel temps! observèrent ensemble les deux femmes.

Elles regardaient dans la direction de la place Pigalle où ne passait personne.

– S'il te file, supposa Fesse-de-Rat la première, probable qu'il s'aura planqué dans une entrée d'porte ou quelque part, ça n'sert à rien d'l'attendre ici... et puis, avec la flotte qu'il fait...

– Oui, dit Fernande, vaut mieux rentrer.

– Et on boit pas un glass? proposait la fille. Viens donc. C'est ma tournée...

Elles gagnèrent la place Blanche et la dépassèrent avant d'arriver, sur la gauche, après la rue Coustou, dans un bar étroit où elles parvinrent à se faufiler.

– Deux grogs, commandait Fesse-de-Rat.

Fernande s'approchait du comptoir. A nouveau la porte du bar s'ouvrait; la fille se retournait; elle voyait entrer Pépé-la-Vache, et Fesse-de-Rat, soudain saisie d'un bref frisson, lui confiait tout bas.

– C'est çui-là... oui... Ah! mince, alors, si je le r'connais! Et il t'a pas lâchée d'un cran, depuis qu't'es dehors.

Elles attendirent la fermeture du bar pour s'en aller. Il était deux heures du matin. La pluie avait fait tomber le vent, et, sur le boulevard que Pépé-la-Vache s'était empressé de regagner sans avoir même achevé de vider le bock qu'on lui avait servi, une nuit épaisse et hachée par l'averse s'étendait. Fesse-de-Rat et Fernande se hâtèrent le long des maisons et gagnèrent, sans que Pépé parût, la rue Lepic où elles se séparèrent. La fille dormit mal cette nuit-là. Le lendemain, elle sortit tard de l'hôtel; mais il pleuvait encore et elle dut, bien qu'elle n'en eût guère l'envie, reprendre après le repas du soir sa promenade de l'Hippodrome à la place Pigalle. La présence de Pépé-la-Vache l'inquiétait et elle avait beau se demander où il voulait en venir, elle ne savait rien préciser. Seule, à Montmartre, il lui était bien difficile de déjouer les plans d'un homme pareil. Toutefois elle était prête à se défendre et demandait uniquement à ne pas être surprise.

– La carne! murmurait-elle en surveillant attentivement les allées et venues du trottoir.

Elle le redoutait pour la ruse qui lui était familière et les intrigues de toutes sortes auxquelles il avait toujours été plus ou moins mêlé. Mais Fernande ne remarquait rien de suspect. La chance lui revenait et elle finissait par croire qu'elle en avait été pour ses frais, quand, tout à coup, Pépé surgit de l'ombre à côté d'elle.

– Bonsoir, fit-il de sa voix rauque.

Elle voulut l'écarter.

– J'te parle, reprit-il. T'as compris?

Elle se tut. Il s'approcha presque à la toucher et la regarda tristement dans les yeux.

– Fernande, poursuivit-il, pourquoi m'as-tu quitté?

– Salop! s'exclama-t-elle.

Il baissa la tête. La fille en éprouva comme une horreur plus grande et, retrouvant son assurance, ce fut elle qui parla.

– Pourquoi? tu me l'demandes, pourquoi que j't'ai quitté? Alors, non, je n'pige plus. Faire c'que t'as fait et revenir poser une question pareille! Pourquoi? Ah! bon Dieu! J'te réponds pas. Tiens. Ôte-toi d'là que j'passe.

Il étendit la main.

– Ôte-toi d'là! répétait la fille, avec un immense dégoût... allons!

– Non, Fernande... Laisse-moi dire. Je m'en irai pas et j'te ferai pas d'mal. V'là des jours que j'passe, après toi, à me rappeler comme t'étais plaisante, quand tu l'voulais, dans la carrée au père Bouvier. Et le besoin m'a pris de te r'trouver pour t'expliquer tout c'que j'ai pu me faire de cafard après toi.

– Bourrique!

– J'mens pas. Écoute.

– Non! fit-elle indignée... T'es rien pour moi, rien de rien... Veux-tu m'laisser partir?

Il se mit devant elle. Son chapeau dont le bord était abaissé sur les yeux, ses courtes moustaches noires, son chandail le montrèrent à Fernande tel qu'autrefois, alors qu'il l'avait suppliée, par un soir semblable, de devenir sa femme.

– T'as vendu l'Corse!

Il ne répondit pas et la fille énumérait les motifs qu'elle avait de l'abominer.

– Et tout c'que tu m'as dit pour qu'on s'mette nous deux? D'abord, que tu lâchais ton boulot... J'le croyais... et puis le coup de Belleville... Ton pèze, tu l'avais à donner des mômes qui s'garaient pas de toi. Vendu! Ah! ton pèze...

– J't'en demandais pas, Fernande.

– De quoi? Mais, plutôt que d'bouffer d'ce pèze-là, j'm'aurais crevée, la Vache! Tu m'entends?

– Ma môme!

– La ferme! J'suis pas ta môme, j'suis la femme au Corse, et j'l'attends. On verra voir si mon homme est quelqu'un.

Pépé-la-Vache eut un beau mouvement.

– C'est vrai, reconnut-il. Et après? J'm'en fous...

Ça se f'ra quand il voudra, Fernande, puisque c'est fini entre nous.

Néanmoins il ne partait pas. Son visage se crispait et jamais la fille ne l'avait vu encore dans un état semblable. Ses yeux brillaient sous son chapeau marron. Stoïquement, il détourna la tête.

– Allons! brisa Fernande... vas-tu me laisser, à présent?

Pépé se recula sans répondre. Elle passa devant lui, d'un saut brusque et, plus troublée qu'elle ne voulait le reconnaître, la fille s'en alla, cependant que Pépé-la-Vache éprouvait un plaisir fait de honte qui, pour la première fois, lui était plus doux que l'amour.

VIII

Ce n'était pas ce que Pépé-la-Vache espérait de Fernande ni de l'explication qu'il voulait provoquer, mais il perdait tout contrôle sur lui-même, car il se sentait pris d'un tel désir de la femme qu'il n'avait pas su garder, que rien au monde, si ce n'est elle, ne pouvait lui offrir d'intérêt. Les projets auxquels il l'associait dans son cœur lui semblaient ridicules. Que lui faisaient ce bar qu'il avait si longtemps caressé l'espoir d'acheter dans un lointain Montrouge et la vie douillette qu'il se promettait d'y mener? Sans Fernande, il n'y tenait plus, et c'était un grand deuil, puisqu'il comprenait à présent que jamais la fille ne reviendrait à lui. Son découragement l'accablait au-delà des mots qui pouvaient lui servir à le dépeindre et il se prenait en pitié.

En effet, pour Pépé-la-Vache, ce métier lui semblait naturel et il en tirait toujours un certain orgueil à cause des difficultés et des dangers... Aussi trouvait-il que, dans toute cette histoire, le plus malheureux c'était lui et il en avait l'impudente certitude au point qu'elle l'empêchait de se ressaisir autant qu'il l'aurait fallu.

Il errait à travers Montmartre, comme une âme en peine. Des hommes qu'il connaissait ne le saluaient point. Les femmes le toisaient. Il s'en apercevait à peine et les risques qu'il pouvait courir à se montrer dans un quartier où chacun le soupçonnait d'être de la police semblaient lui échapper. Fernande, qu'il tentait d'approcher, ne le permettait guère. Il la voyait de loin et elle ne paraissait pas disposée à l'entendre de nouveau. Son amour malheureux pour cette fille l'empêchait d'agir et, dans les bars où il s'attardait en de pénibles réflexions, son visage jaune et tiré trahissait ses ennuis.

Or Fernande, quelquefois, passait sur le boulevard. Il la suivait des yeux silencieusement et, quand elle avait disparu, se demandait comment il pouvait s'obstiner à la convoiter. La fille crânait. Il le voyait à ses façons et cela lui était quand même une sorte de réconfort, car il se disait qu'il le lui permettait.

On n'a jamais raison d'une femme qui vous méprise que par la crainte où on peut la forcer. Pépé-la-Vache ne l'ignorait pas; mais il aimait Fernande avec cette violence désolée d'un homme qui n'attend rien et qui doute de lui-même. La menace du Corse avait beau ne pas être immédiate, elle lui donnait pourtant à réfléchir. C'est alors que Pépé-la-Vache se demandait s'il n'était pas plus sage d'arranger sa vie sans Fernande et, surtout sans attendre le retour du Corse. Le beau mouvement qu'il avait eu, le soir où il s'était efforcé de reconquérir la fille, lui semblait ridicule et il n'en avait pas tiré tout l'effet dont il prétendait se servir.

Hélas! les jours se succédaient et les nuits... Le Corse, pour longtemps encore, n'était pas un obstacle. La Vache le savait. Il ne se décidait pourtant à rien entreprendre et le morne ciel de novembre, qui fondait en pluies intarissables, achevait de le rendre plus misérable encore et plus tristement résigné.

Or, un matin, comme le petit jour pâle et frileux se levait au-dessus des maisons de la place Blanche, Pépé-la-Vache qui rôdait au hasard des rues, rencontra Jésus-la-Caille devant le bar de *la Palme* et lui dit :

– Tiens... toi?

– La Vache! s'exclama la Caille.

La Puce l'accompagnait. Coiffé d'une casquette à carreaux, vêtu d'un pantalon à patte d'éléphant et d'un court veston serré à la ceinture, le mince truqueur avançait un visage anxieux dont les yeux cernés brillaient d'une langueur tendre. La Caille le présenta. Jojo, le marchand de morphine qui sortait du bar à leur suite, eut un mauvais rire qui découvrit sa dent cassée. On se voyait mal. Jojo s'esquiva. L'aube versait comme une lumière d'eau profonde dans laquelle arrivaient des taxis, des fiacres et des filles qui traînaient.

– Et ça va? s'informait la Vache sans élan.

La Puce voulait partir.

– Oui, fit Jésus-la-Caille.

Hésitant, il regardait Pépé et ne savait comment s'en débarrasser.

– Vous rentrez?

– On rentre.

– Et vous? demanda la Puce.

– Oh! moi...

Jésus-la-Caille, que cette rencontre mettait en défiance, n'insista pas.

– Vous rentrez? reprit Pépé-la-Vache. Il avait

un regard étrangement dur et le bas de sa figure semblait tendu d'un crapuleux sourire. Allons!

– Mais?

– J'ai l'temps, assurait-il... et puis, j'voudrais t'parler, la Caille... rapport à la Fernande. Tu l'as revue?

– Fernande? feignit d'interroger l'adolescent que cette entrée en matière prenait au dépourvu.

– V'là un bout d'temps, dit Pépé-la-Vache... On s'est quitté pour des histoires qu'est mon affaire. Tu sais qu'elle se fait des idées, cette môme-là. Des drôles d'idées... Les femmes!

La Puce approuva de la tête.

– Les femmes, c'est les femmes, reprit l'autre en foulant d'un pas mou le trottoir encombré de poubelles, et j'la laisse libre, s'pas? de faire ce qu'elle croit bien. J'y cause pas... jamais. On s'voit. On s'salue pas.

– Qu'est-ce qu'il y a?

– Rien d'ma part, articula-t-il de sa voix rauque.

Jésus-la-Caille l'observait et la Puce, que cette conversation agaçait, épiait le boulevard où l'aube se mêlait au jour. Il avait froid.

– Pourtant, continuait Pépé-la-Vache, – et son sourire devenait plus désagréable – elle doit m'connaître... Et si j'y dis rien, j'ai mon idée, s'pas? Mon idée à moi, qu'on n'sait pas, ni toi, ni elle...

– Nature.

– Bon. Par conséquent, mon idée à moi, c'est personne qui peut m'la faire expliquer. Ça s'explique pas.

– La Vache, interrompit Jésus-la-Caille, pourquoi m'racontes-tu ça?

– Écoute, fit Pépé-la-Vache, en suivant le fil de sa pensée. Tu m'écoutes?... Là-dedans, c'est la Fernande qu'a tort d'installer, comme elle fait. Es'pas? j'la laisse libre... Elle est libre... Et moi?

– Mais ton idée?

– J'l'ai là! répondit Pépé-la-Vache, en se touchant le front.

Il s'arrêta une minute; ses yeux sombres cherchèrent ceux de Jésus-la-Caille.

– T'as compris? lui demanda-t-il ensuite.

– Pépé, dit Jésus-la-Caille... Ça serait-il que tu...

– Crrr! jeta sourdement la Vache. Je suis ce que je suis. J'm'en cache pas... Mais l'Corse, s'il est en boîte, c'est moi que j'l'ai eu, pas vrai? Si. C'est moi. J'l'ai donné aux chiens. Donc, il en a encore pour...

Il compta sur ses doigts :

– Novembre... décembre... janvier... février... mars... avril... mai... ça fait sept mois. Dans sept mois, on fait des trucs. Faut pas sept mois d'abord. Un coup... Pan!... n'importe où, dehors ou dans un bar... Et, prouva-t-il, en tirant de la poche de son vieux veston un revolver, le v'là!

Il le fit jouer dans ses doigts, le soupesa, le montra au jour cru qui s'ouvrait dans les rues, puis, revenant à l'intention qu'il avait eue d'intéresser la Caille à ses malheurs, glissa l'arme dans sa poche et reprit :

– Maintenant qu't'es au courant, faut m'suivre. T'iras trouver la Fernande un de ces jours...

– Quoi? quoi? s'interposa la Puce.

– Marre, ordonnait Jésus-la-Caille au frère de Bambou. Veux-tu te taire?

– T'iras donc la trouver.

– Et j'y dirai? s'enquit Jésus-la-Caille que la résolution de Pépé-la-Vache traquait comme une bête.

Pépé ne parut pas entendre. Sur la chaussée, de lourdes voitures de bouchers, qui se rendaient à la Villette, roulaient avec fracas. Des bars de nuit, descendaient des fêtards et des femmes qui cherchaient une auto.

– Salut! fit alors Pépé-la-Vache.

Il ne serra la main ni de Jésus-la-Caille, ni du jeune la Puce, tourna les talons, traversa le boulevard et bientôt se perdit dans une des impasses où se trouvaient plusieurs hôtels mal fréquentés.

IX

– Fernande! appela Jésus-la-Caille en frappant à la porte de sa chambre. Es-tu là? J'ai à te parler.

Ce fut Pépé qui vint ouvrir.

– Oh! fit l'adolescent. Pépé?

– Soi-même, affirma orgueilleusement celui-ci. Tu ne t'attendais pas à me trouver?

– Ma foi, non.

– Mais qu'est-ce qu'il y a? demandait la fille. Entre donc, la Caille. Entre!

– Et explique-toi, dit la Vache. Vas-y. On t'bouffera pas.

Il y eut un moment de gêne.

– Si c'est pour la commission que tu devais faire, reprit la Vache, j'sais pas, mais t'as du retard.

– Non, répliqua l'adolescent. J'passais par là et j'm'ai dit que depuis l'temps que j'avais promis de venir...

Pépé, qui l'observait, comprit-il?

La Caille le vit aller à la fenêtre, soulever le rideau et plonger du regard dans la rue.

– Ah! fit alors Fernande qui, elle aussi, l'avait suivi des yeux, il y a quelqu'un, en bas?

Pépé se retourna et haussa les épaules.

– Quelqu'un? grommela-t-il. J'crois pas.

Il était quatre heures de l'après-midi. Les bruits du dehors arrivaient dans la chambre avec une sorte de ronflement confus et tâtonnant. La lumière chavirait et, bien que le temps fût sec, une brume légère se formait au-dessus de la rue, dans l'espace étroit qui permettait d'apercevoir à travers les carreaux un morceau du ciel vide entre des maisons et des arbres hérissés.

– Pourtant, fit Fernande qui se leva et voulut aller à la fenêtre... T'es devenu tout d'un coup pâle.

– Quoi donc?

– Mais regarde-toi.

– Assez! la coupa brutalement la Vache. J'suis pâle, moi? Où qu't'as vu ça?

– Pépé, dit Jésus-la-Caille, laisse-la partir.

– Non.

– Pourtant, ça vaudrait mieux, insista l'adolescent... Qu'elle parte!...

Il n'osa poursuivre, mais Pépé poussant Fernande dans un coin de la chambre demanda :

– Pourquoi mieux? Réponds... Pourquoi cela vaudrait mieux? Le Corse est donc sorti? Tu l'as vu?

– Oui, répondit Jésus-la-Caille.

Fernande se mit à crier :

– Laisse-moi partir maintenant. Oh! laisse. Laisse-moi... Pépé!

– Partir? Jamais d'la vie! J'te garde, lui soufflat-il avec colère.

Fernande se débattit, voulut mordre, mais il la

saisit par les mains et serra davantage. Elle l'injuria, gémit, pleura.

– La ferme! fit-il alors avec férocité. Tu as pigé?

Il tenait la fille et voulait l'empêcher de crier, mais il n'y avait rien à faire. Fernande se mit à appeler au secours et tout à coup la porte s'ouvrit. Le Corse dont on devinait la silhouette s'avança.

– Y a des rognes là-dedans? demanda-t-il sévèrement.

Il écarta Jésus-la-Caille qui tentait de l'arrêter, puis, quand il fut près de Pépé, le regarda.

– Jette ton feu, ordonna-t-il.

– Quoi?

– Ton feu!

Lentement la Vache plongea la main droite dans sa poche, en retira le revolver qui s'y trouvait et le lança par terre.

– Tu avais peur? railla-t-il en tremblant.

– Fumier!

– Pourtant, débita la Vache qui s'était emparé d'une chaise et la tenait devant lui, il n'y a pas que ma faute. Je t'expliquerai.

– Là! désigna le Corse.

Au mouvement qu'il fit, en levant le bras sur Pépé, sa lame brilla et l'on entendit, avec le coup sourd du couteau, un cri plaintif, puis la chute de deux corps et très vite, avec une affreuse rapidité, d'autres coups, cependant que, sur le parquet de la chambre, la Vache voulait se relever.

– Ah! La... la... geignait-il... La...

Le Corse se mit debout.

– Mon homme! implora Fernande.

Il ne répondit pas.

– Si tu savais comment qu'j'ai tombé sans toi... ici... partout... des jours et des jours... continua la fille. C'était trop... Mais à présent, tu es revenu...

Elle lui prenait les mains et se frottait à son épaule en riant, en l'appelant, dans une ivresse qui la rendait à l'innocence de son amour. Et elle baisait ses mains qu'elle tenait dans les siennes, son veston sale et vieux, elle parlait... elle était heureuse.

– Viens! se pâma Fernande.

Le Corse s'essuya les mains avec les draps du lit défait, ramassa son couteau, le ferma, le mit dans sa poche, puis, sa casquette abaissée sur les yeux, gagna la porte et disparut.

La fille ne comprenait pas.

– Quoi! s'exclamait-elle... Parti? Il est parti...

– Fernande! appela Jésus-la-Caille.

Il la prit dans ses bras et l'empêcha, comme il put, de crier. Elle tremblait de tous ses membres. Enfin, elle se mit à pleurer et la Caille, qui l'embrassait, lui confia tout bas, en essuyant ses larmes :

– Pleure... Oui... Oui... Va! c'est rien... Vaut mieux qu'tu pleures, Fernande! Fernande... On est si pareils, tous les deux...

Cependant il ne songeait qu'à Pépé, étendu dans la chambre; il reconstruisait la scène... Cela lui était odieux.

– Pépé, murmura-t-il atterré.

Fernande se sépara de son étreinte et sonna. Jésus-la-Caille s'affola; mais lorsque Philibert, le garçon de l'hôtel, fut monté dans la chambre, la fille alluma l'électricité...

– Qu'est-ce qu'il y a? demanda Philibert.

Fernande le prit par la manche de sa chemise. Il vit par terre Pépé, le sang...

– Mais, sursauta-t-il...

La fille partait d'un sanglotant éclat de rire.

– Mais... vous ne voyez donc pas? ajouta-t-elle... Allons!... Faites vite. Allez prévenir les agents. Moi... la Fernande... Oui... Oui... Moi, j'ai crevé mon homme!

Achevé d'imprimer le 20 juin 1978
par Maury-Imprimeur S.A. à Malesherbes,
pour France Loisirs
Dépôt légal : 2e trimestre 1978
N° d'éditeur : 3735
N° d'imprimeur : E78/5599